ANNA
GAVALDA

人生下一站

BILLIE

[法] 安娜·戈华达 —— 著

金龙格 —— 译

湖南文艺出版社
HUNAN LITERATURE AND ART PUBLISHING HOUSE

博集天卷
CS-BOOKY

BILLIE by Anna Gavalda
BILLIE © LE DILETTANTE, 2013

Simplified Chinese language edition published by arrangement with Editions Le Dilettante,
through The Grayhawk Agency.

著作权合同登记号：图字18-2019-309

图书在版编目（CIP）数据

人生下一站 /（法）安娜·戈华达（Anna Gavalda）
著；金龙格译 . — 长沙：湖南文艺出版社，2020.4
ISBN 978-7-5404-9506-0

Ⅰ . ①人… Ⅱ . ①安… ②金… Ⅲ . ①长篇小说－法国－现代 Ⅳ . ① I565.45

中国版本图书馆 CIP 数据核字（2020）第 007744 号

上架建议：外国文学

RENSHENG XIA YI ZHAN
人生下一站

作　　者：［法］安娜·戈华达（Anna Gavalda）
译　　者：金龙格
出 版 人：曾赛丰
责任编辑：刘诗哲
监　　制：邢越超
策划编辑：闫　雪
特约编辑：尹　晶
版权支持：辛　艳
营销支持：周　茜　文刀刀
封面设计：尚燕平
版式设计：李　洁
出　　版：湖南文艺出版社
　　　　　（长沙市雨花区东二环一段 508 号　邮编：410014）
网　　址：www.hnwy.net
印　　刷：三河市鑫金马印装有限公司
经　　销：新华书店
开　　本：880mm×1270mm　1/32
字　　数：150 千字
印　　张：7
版　　次：2020 年 4 月第 1 版
印　　次：2020 年 4 月第 1 次印刷
书　　号：ISBN 978-7-5404-9506-0
定　　价：45.00 元
若有质量问题，请致电质量监督电话：010-59096394
团购电话：010-59320018

目录

人生
下一站

Part 1

他是个勇敢的人，这一点我一直心里有数，但这一次，他确确实实给了我一个教训。

-1-

⭐

　　我们狠狠地互瞪了对方一眼。他瞪我，可能是因为他心里一直在想，所有这一切全都是我的错；我瞪他，是因为他犯不着因为出了这档子事就对我怒目而视。自打我们认识以来，荒唐事嘛，我是做了一桩又一桩，可他从中捡到的便宜可多了，要不是有我，他哪儿有机会一次又一次地捧腹大笑啊！所以他真的不应该只因为这一次后果会很严重就对我横眉竖眼……

　　奶奶的，我哪儿知道后果会很严重？！

　　我一直在哭。

　　"这下好了吧？你后悔了吧？"他闭着眼睛咕哝了一句，"唉……我真笨……后悔，你才不会呢……"

　　他太疲惫了，没有力气把我无休止地埋怨下去。再说了，埋怨也不管用。在这一点上，我俩向来都没什么异议。我呀，"后悔"两个字，我都不知道怎么写……

我们在一条地裂或者鬼才知道地理学上叫啥玩意的破地儿的最深处。类似那种……那种岩体滑坡，在塞文山脉国家公园里，手机没有一丁点信号，绵羊的尾巴都看不到一条——更不要说一个牧羊人了——估计永远都不会有人能找到我们。我呢，我的胳膊已是血肉模糊，但至少还能动一动，可他呢，很显然，他已经"粉身碎骨"了。

他是个勇敢的人，这一点我一直心里有数，但这一次，他确确实实给了我一个教训。

又一个教训……

他躺在地上。刚开始，我试过用我那双跑鞋给他做个枕头，可是当我托起他的头时，他差不多处在昏厥状态，所以我就把他直接放下了，后面再也没去碰过他。而且，也只是在这种时候，他才会流露出焦躁不安的情绪，他想着他的脊髓已经遭殃了，一想到自己往后会变成一个瘫子他就一脸恐惧，几个小时里把我折腾得够呛，要我把他丢在这个旮旯里，或者干脆把他弄死。

好吧。可我手头没有任何可以把他弄死的工具，所以我当起了医生。

可惜啊！我俩相逢得太晚，没有偷偷摸摸地玩过医生和病人的游戏，但有一点可以肯定，假如我们有机会，我们一定会急不可耐地去尝试的……这种想法令他开心，也巧得很，不管是在这个像地狱一样的鬼地方，还是在另一头，所有我想带走的东西就是这个了：已经夭折了的、死命挤出来的浅浅的微笑，就像他嘴角上的那丝微笑一样。

其余的一切，说老实话，完全可以舍下……

我在他的身上乱掐一气，而且越掐越狠。把他掐痛了，我就会觉得开心。那说明他的大脑还在管事，这样我可能就不需要把他的轮椅一直推到圣皮埃尔了。否则的话，毫无疑问，我同意把他的脑瓜砸烂。我还是挺爱他的。

"好的，好像还行……你能哼唧就好，你能哼唧就说明一切正常，不是吗？依我看，除了大腿，你的胯骨或者骨盆也摔碎了。反正，就这一带的某个部位摔烂了……"

"哼……"

他好像不相信，我感觉有什么事让他担心。我觉得自己身上没穿白大褂、脖子上没戴听诊器之类的玩意，一点都不让人信服。他眉头紧锁地看着天空，嘴里像在嚼着嚼烟一样赌咒着。

他的这种神情我再熟悉不过了，反正吧，他没有什么神情是我不熟悉的，我明白这里面还有个心结要解开。

"心结"，哟，多么恰如其分的词……

　　"不行啊，弗朗基[1]，不行……我没听错吧？我不敢相信……喂，你不会要我给你把那里也检查一下吧？"

　　"……"

　　"当真？"

　　我明显看得出来，他死要面子，可我呢，我的问题是，我自己的所作所为是否得体我已经全然顾不上了，我考虑的是效率。形势非常严峻，他要我把他干掉，我是无论如何都不能冒那个险的，就因为我不是他那种人……

　　"噢……并不是我不想那么做，嗯？可是，毕竟，你……"

　　这让我联想起在《热情似火》最后一场戏里的杰克·莱蒙[2]。我也像他一样开始理屈词穷了，我必须使出撒手锏，好让他别再烦我。

　　"我是个女孩子，弗兰克……"

　　话都说到这个份儿上，你们明白了吗？……话都说到这个份儿上，假如我正在做一个非常深入的关于友谊的讲座，跨学科的那种，配上示意图、幻灯片、微型水瓶和一些乱七八糟的玩意，用来解释它从何处来、使用何种材质做成、如何提防赝品，那么，这个时候，

***

[1]　弗兰克的昵称。（本书脚注均为译者所加，特别注明的除外。）

[2]　杰克·莱蒙（1925—2001），美国影星，曾获奥斯卡最佳男主角奖。《热情似火》是 1959 年他和梦露主演的一部爱情片，在该片中他饰演男扮女装的杰利。

我会让画面暂停片刻，然后用我的鼠标，瞄准他的反驳。

这一串非常虚弱、非常欢快的小词在一个甚至都不知道自己接下来是生是死还是继续遭受折磨，但永远也不能再做爱的男子的那丝模仿得超级拙劣的微笑中喃喃地说了出来：

"好吧，没有人十全十美[1]……"

是的，只有这一次，我对自己充满信心，我对那些没有看过这部电影、对这部电影一无所知的人感到遗憾，因为他们永远都不懂如何从一个可怜的异装癖者身上看到一个品德高尚的朋友。我拿他们没有任何办法。

而此时此刻，由于当事人是他，由于当事人是我，也由于我们在一个如此悲惨无望的时刻还要想方设法一起摆脱困境和相互扶助，所以我从他身上跨了过去，好把我那只强健的胳膊搁在他的下腹部。

我只在那里轻轻地擦了一下。

"好，"过了一会儿，他咕哝道，"我又没要你上刀山下火海，姑奶奶……你只要去摸一下，然后我们便不再提这个事。"

"我不敢……"

---

[1]　电影《热情似火》中的经典台词。

他长长地叹了一口气。

我理解他的沮丧。我俩一起经历过比这尴尬得多的时刻，我的状态非常不好，我用那么多真的很下流、很粗野的性滥交故事哄着他直到他入睡，让自己变得一点都不可信……

委实一点都不可信，一点都不，一点都不！

但我真的不是装腔作势……我不敢。

我们永远都不可能预料到接下来会发生什么事。我的那只手一直保持着平衡，我突然意识到，在我放荡的性生活和他的性器之间相隔着一个世界。有必要的话，世界上所有人的那玩意我都可以去摸，但他的不行，不，他的不行。这一次，是我给自己上课，只此一次。

我心里一直都十分明白我很爱他，但我还从来没有机会丈量我对他的尊重到了一个什么样的程度，好吧，答案，我拿到手了，答案是：几毫米……

我那没完没了的矜持就到此为止吧！我们的矜持。

我当然知道我不会被这种傻乎乎的问题束缚太久，可这会儿我还是第一个被惊到了。说真的，见自己如此拘谨，我还是觉得非常吃惊。如此束手束脚，如此惊慌失措，差点又变回贞洁的处女了！就好像圣诞节。

好了。动手吧！别再废话了。是苦差也得硬着头皮干呀，我的黄花大闺女！……

为了让他放松，我开始在他的肚脐眼周围不停地轻轻叩击，一边低声哼唱着"东啄一下，西啄一下，翘起尾巴然后跑啦"[1]，但这么做并没有让他特别放松。随后，我在他的身边躺下，我闭上了眼睛，我把嘴唇放在他的……噢……耳朵上，我全神贯注，喃喃地跟他说着耳语，啊，比耳语的声音还要低，让口水的泡泡在他的耳朵里面爆炸，还配备了一切必要的刺激神经的细微的尖叫声——我臆测那是他尘封已久的最好或者最糟糕的幻想。与此同时，我用一根手指的指尖，用心不在焉、无精打采、玩世不恭……反正就是大家说的那种"手艺大师"的指尖在他的裤子门襟的"U"形缝纫线上游走着。

他耳朵里的茸毛惊恐地往回缩去，我的名誉得到了保全。

他骂娘。他微微一笑。他大笑。他说你真笨。他说你停下。他说你丫真傻。他说好了。他说你停下，快停下！他说我讨厌你，然后又说，我爱你。

但所有这一切都是很久以前的事了。那时他还有力气把嘴里的

---

[1] 法语儿歌《一只母鸡站在墙上》里的歌词。

句子说完，我还没想过我有一天会在他面前痛哭流涕。

此刻，夜幕降临了，我又冷又饿，渴得要死，我快要崩溃了，因为我不想要他受苦。假如我心里还有一点点诚实的话，我会帮他把那些话讲完，还会在最后加上一句"由于我的错误"。

但我并不诚实。

我坐在他旁边，背靠着一块岩石，慢慢地变得蔫不唧了。

我的悔恨如同树叶一般一片片地飘落下来。

他用一股我永远也想象不出从哪里来的力量，把他的胳膊从身上移开，用手碰了一下我的膝盖。我把自己的手放到他的手上面，变得更加颓然无力。

这个小吸血鬼，我不喜欢他趁机利用我善良的本性。不能那样不讲信义。

过了一会儿，我问他：

"你听，是什么声音？"

"……"

"你觉得是狼叫的声音吗？你觉得这里有狼吗？"

见他没回答，我号叫道：

"他妈的，你回答呀！跟我说说话！跟我说是的，跟我说不是，跟我说滚你的，随便说什么都行，就是别让我一个人待着……现在别……我求你了……"

　　我并不是在跟他说话，而是在跟我自己。跟我的愚蠢说话，跟我的羞愧说话，跟我的缺乏想象力说话。他永远都不会抛弃我，而他之所以不说话，只是因为他已经失去意识了。

-2-

☆

很久以来的头一回，他脸上的表情不再像责备，想着他可能没那么痛苦了，这让我重新拾起了勇气：无论是以这种方式还是那种方式，我都要让我俩从这里脱身，这是必须的。我们走了那么长的路可不是为了在洛泽尔省的这个山旮旯里上演微缩版的《荒野生存》。

我的天，不，真是那样也太丢人了……

我动脑子想了一下。首先，那不是狼，而是鸟的叫声。猫头鹰，或者别的什么鬼。其次，摔断几根骨头是不会致命的。他没发烧，他没流血，他喊疼，没错，但是他没有生命危险。此时此刻，最好的办法是睡觉，养精蓄锐，等明天天一亮，当我受够了这穷山恶水的鬼地方的时候，我就逃之夭夭。

我会穿过这片鸟不拉屎的森林，我会穿过这座鸟不拉屎的大山，我会让一架该死的、像花一样绽放的直升机降落在这个背斜谷里。

好了，就这么说定了。我要挪一下我的屁股，我可以庄严地发誓，它要在喀斯特岩石当中过夜。因为那种家庭式的徒步旅行，左！右！左！右！跟着几头装着马鞍的蠢驴和高度紧张的小驴，游玩的兴致两分钟就消耗殆尽。

抱歉，伙计们，可我们呢，那个克丘亚人[1]，我们被那个克丘亚人弄得浑身痒酥酥的。

宝贝，你听见了吗？听见我刚才说的话了吗？我以你的生命起誓，只要我还有一口气在，你就永远不会客死在外省。永远不会，死也不会。

我重新躺下，我低低地叫了一声，我重新爬起来打扫我的床铺，清走那些硌我背脊的乱石子，然后再靠着他躺下，像躺尸一样。

我睡不着……

住在我脑子里的那些淘气小精灵嗑了太多的致幻剂……

那上面仿佛有一支混合了强拍电子乐的兰－毕乌埃巴佳德乐队[2]。

地狱。

---

[1] 南美安第斯山脉各国的印第安人。

[2] 法国海军 1952 年在洛里昂组建的一支以布列塔尼地区传统乐器风笛为主的乐队。

　　我翻来覆去地想啊想，最后都弄不明白自己在想什么了，而且我再怎么贴着他，再怎么把自己紧紧抱住都是徒劳，我好冷啊。

　　我好冷好冷，乐队主持人一直在试图弄断我仅剩的那三个勇敢的神经元，突然，几滴比其他眼泪更伶俐的泪珠趁机悄悄地溜了出来。

　　啊，天哪！我真的变成一个傻女人了。

　　为了把它们挡回去，我向后仰起脑袋……就在这时……呜呜……

　　让我闭上嘴巴不说话的并不完全是那些星星——我们在这片地区长途跋涉以来，见过的星星多了去了——不完全是，而是它们的舞蹈动作设计。噗隆！咯隆！它们一拨接一拨颇有节奏地把自己点亮。我真不知道它们还真的会发出丁零声……

　　它们是那么耀眼，都有些不太可信了。

　　就好像都是 LED 灯或者刚刚拆包的全新品，就好像有人调亮了调光器一样。

　　真的是……太璀璨夺目了……

　　突然间，我再也不是孤单一人了，我朝弗兰克转过身，把鼻涕擤在他的肩膀上。

　　喂，喂……端庄一点，你这种脑残的女人……当仁慈的上帝把他的迪斯科球借给你的时候，你就不再流鼻涕了……

　　银河系是不是像海洋一样也有天文大潮呀？抑或这只是在为我表演？银河在咆哮？一大群叮当仙女跑过来在我的头上撒金粉帮我重新充电吗？

　　她们从四面八方纷至沓来，我感觉她们露面后，夜晚充满了融融的暖意。我感觉自己在黑暗中被晒黑了，我感觉世界颠倒了，感觉自己再也不是在那个深渊底部喋喋不休地诉说着自己的不幸遭遇，而是在一座舞台上……

　　是的，不管我去到多么低的地方（变得多么低下）（好吧，即使我像鸡蛋饼一样被压得扁扁的……），我都能比别人高出一个头。

　　我置身于一个巨大的音乐厅，类似于巴黎那座露天的"天顶"[1]，从地球的一端到另一端，在能够杀了你的歌声的正中央，天使手里举着的所有那些打火机，所有那些荧屏，所有的千千万万支神奇蜡烛都旋转着向我奔来，我得让自己显得高贵一些。我再也不可以嗟叹自己的命运，我多么希望弗朗基也能好好享受这良辰美景……

　　他可能也分不清大熊星座和北斗星，但是假如他看到如此美丽

---

[1]　位于巴黎拉·维莱特公园的一座音乐馆。

的星空，他也会非常开心的……非常开心……因为，我们两人当中的艺术家，是他。全靠他的敏锐，我们才得以从一个粪坑中挣脱出来，浩瀚宇宙也是为了他才穿上了自己熠熠生辉的晚礼服。

为了向他致谢。

为了向他致敬。

为了告诉他：你呀，小不点，我们认识你，你知道……是的，是的，我们认识你……我们观察你已经有一些日子了，你被美迷住的时候我们记下来了……你一生只做了一件事：追寻美，效力美，创造美。好了，呀……你瞧……看你不辞辛苦……你用天上的这面镜子照一下自己……今天晚上，我们要把它连本带利地还给你……你的女友，她呀，她太俗气，她只会唾沫横飞，像个老娘儿们一样骂骂咧咧。我们很纳闷是谁让她进来的……唉，除了你还能有谁呢？……你们是一家子……过来，孩子……过来跟我们一起跳舞……

我正扯着嗓门，夸夸而谈……

我一本正经，对一个听不见我说话的小伙子，以宇宙的名义说话！

这很蠢，但很可爱……

这说明我爱他爱到了什么程度……

噢……不然的话……最后一件事，宇宙大人……（我这么说话的时候，我看见的是詹姆斯·布朗[1]）不，实际上是两件事……

首先，您把我的朋友丢在原来的地方……没有必要叫他，他不会来的。就算我给他丢脸了，他也不会丢下我不管的。就这么回事，即使是您，您也没有任何办法。其次，我很抱歉自己说话不利索。

是真的，我有些过分，但是每次我用刺耳的声音跟您说话，并不是我对您缺乏尊重，而是为自己不能很快地找到恰如其分的词语感到恼怒。*这是个男人的世界*[2]，您懂的……

"*我感觉很好*[3]。"他回答道。

*

我望着所有那些星星，寻找我们自己的那一颗。

因为我们也有一颗星，那是毋庸置疑的。不是每人一颗，很可惜，但是有一颗是我俩的，一盏两人合用的小夜灯。是的，一盏漂亮的小灯，在我们相遇的那一天找到的，不管年成好坏，都一直处于良好的工作状态，一直到现在。

---

[1] 詹姆斯·布朗（1933—2006），非裔美国歌手，有"灵魂乐教父"之称。

[2] 原文 *It's a man's world*，是詹姆斯·布朗创作演唱的一首歌的名字。

[3] 原文 *I feel good*，是詹姆斯·布朗演唱的一首歌的名字。

当然，最近这些时日，它有些乖戾，但从此一切都变得明朗了……

它把自己打扮得花枝招展，这个小狐狸精。

它把从赛福路商店买来的那瓶亮片喷洒液全都喷光了。

嘿！太正常了！它是我们的星！当它的伙伴们都跑去看烟花时，它是不会落在后面的！

我一直在找它。

我把所有的星星都重新浏览了一遍，想找到它，因为我有话要跟它说……要提醒它……

我找它是为了说服它，让它再帮我们一次。

不要跟我们一般见识。

尤其是不要跟我一般见识……

是的。因为出了这样的状况全都是我的错，所以必须是我去跟它磨嘴皮子，好让它重新把它的热线激活。

其他的星星，它们虽然也很光彩夺目，但我才懒得理它们……对不起，我不在乎它们，可它呢，假如我诚心实意地跟它描述我们眼下的境况，我敢肯定它会动恻隐之心的……

-3-

☆

　　我觉得我找到它了。

　　我觉得就是它了，就在那边……停在我的手指头上，在离我数十亿年之久的地方……

　　那么小，那么迷你，那么寒酸，就好似施华洛世奇[1]的仿水晶制品，还有些偏离方向。

　　有些离群……

　　是的，确实是它。XXS超小号，离群索居，疑心重重，但释放出了它全部的光芒。它竭尽全力地闪烁着，它非常满意地待在那里。它喜欢唱歌，把所有的歌词都记得清清楚楚。

　　它在夜空中妩媚地闪烁……

---

　　[1]　总部位于奥地利的仿水晶制造商。

它会是最后一个睡觉、最早一个起床的，它每天晚上都要出门。它参加派对聚会已经十万亿年了，一直都是那么光芒闪烁。

嗯？我搞错了吗？

嗯？是你吗？

对不起，那是您吗？

您告诉我……我可以跟您说会儿话吗？

我可以告诉您，弗兰克和我，我们是什么人吗？好让您再爱我们一次？

我把它的沉默视为默认的叹气，就像那种"喂，你们这两个失败者，你们的溃败开始把我搞得筋疲力尽了，算了，那好吧……你们运气好，现在正在跳慢狐步舞，我没有舞伴。那你们说吧，我听着呢。向我兜售你们的故事吧，抓紧时间，我要回去嚼我的银河了"。

我找到弗兰克的手，我用尽全力攥住它，我用了一点时间来把我们拾掇了一下。

是的，我把我俩收拾得漂漂亮亮、干干净净、光光鲜鲜的，头发也梳得整整齐齐的，好把我们最美的一面展示给您看，然后我把我们抛向了空中。

就像巴斯光年[1]。

飞向宇宙，浩瀚无垠！……

---

[1] 电影《玩具总动员》中的角色。他的口头禅是："飞向宇宙……浩瀚无垠！"

Part 2

我什么都没说，但我不想再演了。并不是因为我怯场，而是因为生活早就教会我，不要跟它索要太多的东西。

-4-

☆

　　弗兰克，他名叫弗兰克，因为他母亲和他外婆非常喜欢弗兰克·阿拉莫[1]，（唱了《小亲亲，噢我的小亲亲》《大头哄哄》《喂马约 38—37》，诸如此类的歌。是的，是的，真的有这样的歌名……）而我的名字叫比莉，是因为我母亲为迈克尔·杰克逊着魔（"比莉·琼不是我的情人，她只是一个女孩"，等等）。

　　可以说，在生活中我们是不会跟名义上的父母一起上路的，也没有打算有朝一日会再有来往……

　　他呢，在他小的时候他妈妈和他外婆对他呵护备至，为了表示感谢，他给她们送了那张《耶耶[2]回归》的唱碟，还有"耶耶大回归"音乐会门票、"伙计们你们好"巡回演唱会门票，那张蓝光光碟甚至还附送了乘船旅行。

---

[1]　弗兰克·阿拉莫（1941—2012），法国 20 世纪 60 年代的当红歌星。

[2]　20 世纪 60 年代流行的一种摇滚乐。

当亲爱的"大头哄哄弗兰克"离开人世的时候，他专门请了一天假，坐火车去见她们，给她们安排了一等车厢，一直把她们送到了那座不知道叫什么名字的教堂前的广场上。

当人们把阿拉莫的棺材放进灵车，她俩哼唱着他那首《最后的挥手》时，所有能给她们带去慰藉的事他都做了……

我呢，我不知道在我后面她是不是还生了被她取名叫"糟糕"或"恐怖片"的别的小孩，也不知道我还不到一岁时邦比因为她的离家出走而跳楼后她是不是哭了。（必须说明的是，我那时也是个非常讨人嫌的小孩……是我爸爸有一天告诉我的："你母亲逃走，是因为你太讨嫌。是真的，你就知道大声哭叫，没完没了……"）唉！我不知道需要找多少精神病科医生才能卸掉这条罪状，假如你问我的话，我会告诉你要一大堆！

是的，一天早上，她走了，自此杳无音信……

我的后妈，她呀，从来就没喜欢过我的名字。她说这个名字感觉就像臭名昭著的坏小子的名字，这个嘛，这是当然啦，我从来都无意惹她生气……反正，别指望我说她的坏话。没错，她是个泼妇，但那确实不是她的错……再说了，今天晚上，我在这里不是为了谈论她的，各人有各人的麻烦事。

好了。就这些了，小星星，童年的事情说完了。

弗兰克嘛，他很少谈论自己的童年，而一旦说起了，也只是为了甩掉它。而我呢，我没有童年。

我依然喜欢我的名字，这是事实，鉴于这种情况，我觉得这是一件很了不起的事情。

只有天才的迈克尔·杰克逊才能完成这样的伟绩……

*

弗兰克和我，我们上同一所初中，但到了三年级我们才开始讲话。也就是我们唯一同班的那年。从那时起我们都承认从初一进校的第一天早晨起，我们就注意到了对方。是的，我们一眼就认出了对方，但我们这几年里一直都无意识地避开对方，因为我们感觉对方心里很沉重，我们不想冒险让自己多遭受哪怕一丝一毫的痛苦。

确确实实，我嘛，我找的是八宝盒[1]里的那种女孩子结伴。那都是些披着长发、娇小可爱的女孩子，都有自己的卧室，有一包包名牌糕点，还有一个很愉快地在家校卡上签字的妈妈。我竭尽所能地做一切事情，好让她们喜欢我，尽可能频繁地邀请我去她们家。

---

[1] 又称波利口袋，一种可以打开的小塑料盒，里面是卧室、酒店、餐厅等场景，包括小人等配件。

唉，总有些时候我不是那么受欢迎……尤其是在冬季……我很久以后才弄明白，但那主要是……是储水式电热水器的问题……还有该死的气味……唉，我脑子里一想到这些，就觉得羞愧难当。好吧，接下去。

那些年里，我编了太多的谎话，以至于我不得不把要点记下来，免得会把一个学年与另外一个学年弄混。

我在家里像一匹饿狼一样，饥不择食，有啥吃啥，但到学校之后，我总是很平静。反正，我可能都没有足够的力气全天候严阵以待。必须有过那样的经历才会明白是怎么一回事，那些亲身经历过的人，一定明白我在说什么：每时每刻都严阵以待……每时每刻……尤其是在平静的时候……平静的时刻最糟糕，最糟……不，没关系……没人在意。

一天，在历史地理课上，老师杜蒙先生无意中把我的一些生活情况告诉了我。"下层社会"，他说道。老师说得很自然，就像在说资源出口，或者圣米歇尔山的航道被泥沙淤塞一样，可我呢，我现在依然记得，我的脸羞得通红。我不知道词典里有个词专门生造出来，特指我生活的那种贫民窟……因为我恰好处于那样的阶层，知道它的存在，知道这种阶层肉眼不一定看得见。证据就是，社会福利员从来不去……假如你没有什么与众不同的地方，假如你每天去上学，去学校那个童年的避风港，那你是很容易避开的。我的继母，我不说她看上去像中产阶层，但是她去超市的时候，人们确实把她当成了中产阶层，他们都跟她说"你好""孩子们都好吧"诸如此类的话。

我从来都不知道她是去哪里买来的烧炉子用的柴油……

别人惊异于圣诞老人的那只小老鼠或者驯鹿，但我，我童年时最大的谜团是这个：那些该死的空油瓶，它们都是从哪里来的？从哪里？

那是我最大、最大的谜团……

*

让我从那里走出来的，不是共和小学。不是那帮小学老师，不是那些教授，不是那个为我们准备好领圣体的好心的吉赛尔小姐，也不是那些总为我们沉重的书包感到大惊小怪的学生家长，或者是我那些喜欢收听法国国际广播电台、喜欢读书之类的很有教养的好心的女同学，不是，而是他……（我在黑夜里用手指指着他）是弗兰克·穆雷。

是的，他，就在这里……这个女里女气的弗兰克·穆穆[1]，年纪比我小半岁，身高比我矮十五厘米，每次有人拍一下他的肩膀他都会失去平衡，每次在公交车站都显得特别让人讨厌。是他把我救了……

他单枪匹马。

坦率地讲，我不怨恨任何人，即使是现在，您也看见了，我把什么都说给您听，很好，我做到了。那是很久以前的事了。那么遥远，实际上都不像是我自己的故事了……

好吧，我承认，在填身份的时候我总是有些惶恐不安。父母的名字、出生地，所有这些，直截了当，我的胃立马就觉得不舒服了，可是，还好啦，过去了，一下子就过去了。

唯一的一件事，是我永远都不想再见到他们。永远、永远、永远……我永远也不要再回到那里，永远。不参加任何婚礼、任何葬礼，什么都不参加。而且，当我与一个隶属于那个省的号码的车牌交错而过时，嗬，我直接把目光移到别的东西上，好让自己摆脱困境。

有一段时期——由于我没想过我今晚有时间跟您讲述那些事，我准备扼要说明一下——我的生活一团糟，我的童年频繁地跑回来对我

---

[1] 穆雷的昵称。

进行出其不意的袭击，我开始出现酗酒的倾向，就是所谓的借酒保护自己，这时，我听从了弗兰克的劝告：我强行对自己进行了重启。

我把我的硬盘做了彻底的处理，好让它能够在安全模式下重新启动。

那个过程很漫长，我觉得我成功了，但作为交换，我的唯一要求是，永远也不要再见到他们。

永远也不要。

即使他们死了，即使被烧成焦炭，即使烂在了墓穴里。

即使到了眼下这种境况，您明白吗？……我再一次说句实话……要是您对我说：好吧，我给你派两个担架员来，给你送一根黄油火腿和一箱圣培露[1]，但是作为交换，你要用手跟你的继母或者她周围的那些人渣打个招呼，即使是这样，我都会拒绝您，跟您说不。

不。

我会跟您说不，然后我再另外想办法从这里脱身。

*

那么，情况是这样的，我们在一座连三千居民都不到的小城镇

---

[1] 意大利矿泉水品牌，水源自意大利阿尔卑斯山脉。

里上同一所中学，这座小城正如他们所言，是在一个乡村地区。但"乡村"这个词太美，总让人联想到山清水秀的风光。而我走出来的那个村子，我在那里长大的那个地区，跟那种山清水秀沾不上一点边。它过去是，现在也一直是法国的一个被人遗忘的角落，已经太长时间没有被任何东西浇灌，久而久之也就腐败了。

是的，腐烂了……奄奄一息……那里的老乡过度酗酒、过度抽烟、过度相信中彩，过度地把他们的苦难传输给他们的家人和家畜。

那是一个所有的人都像这样自戕的世界：用文火自焚，后面还拖家带口……

要是您听说有年轻人为了泄愤而放火烧车，那种事总是发生在郊区，可是在乡下，我善良的女士，每天的日子都很不容易，您不是不知道！

即使我们想烧汽车的话，起码要看见有辆车经过吧！

在乡下，当你跟别人不一样的时候，你的处境还要更糟糕。

当然啦，总有那样的观光客，不管是政界的、社团组织之类的，吃绿色食品的美食家，还是其他那些喜欢说善意谎言的人，他们会跟您说我言过其实，但我知道那都是些什么人……是的，我知道他们……他们就像是社会福利机构的人员：归根结底，他们只看得见你愿意向他们展示的那一面……

我也很理解他们。

我理解他们，因为我本人，也已经变得跟他们一样了。

每次我去兰吉[1]或者从那里回来，也就是说每星期至少四次，我非常清楚在哪个路段我必须全神贯注。是的，有两个时间点我在公路上都是把油门踩到底，我确实要高度小心地保持安全车距。您知道为什么会这样吗？因为在巴黎和所谓的奥利，在这两个地方之间，路边上有两小堆垃圾，与沥青公路齐平。

好吧，确实很难看，但问题是，那里实际上并不真是垃圾场……不是，而是房屋。是小女孩睡觉的卧室，那些一直在严阵以待的小女孩……

快点，我们加速。正如我前面说过的，每个人都有自己的烦心事。我嘛，我遭受过的打击太多，把我变成了一个自私自利的怪物，我的自私自利是我能够送给六号高速公路边的那些小"比莉"的最好的礼物。

小姑娘们，你们看吧，看我坐在我这辆破破烂烂、装满鲜花的带篷小卡车上，我就是最好的证明，我可以证明我们有朝一日也可以活下来……

---

[1] 法国大巴黎地区马恩河谷省的一个市镇。

-5-

⭐

　　是的，我们认出了对方，但那几年，我们一直互相回避，因为
我们是雅克 – 普雷维尔中学的鼠疫患者。

　　我嘛，因为我来自"羊肚菌"[1]（这不是一个产蘑菇的乡村或
者蘑菇产地，而是……我不知道……我实际上一直都不知道……一
个处理废铁的地方……类似那种手工制作区……那种废品回收处理
中心，但什么也没有分拣出来……所有的人都说他们是"罗姆人"，
但他们不是罗姆人，而是我的继母的家人……她父亲、她的叔叔们、
她的异父异母姐妹、我的异母兄弟，诸如此类……他们就是住在"羊
肚菌"的人……），我每天早晨和晚上都差不多要走两公里，到另
外一个车站，尽可能远离他们的窑子和我的"温馨之家"的车站，

---

[1]　Morilles，直译的意思是"羊肚菌"。

因为我害怕别的男孩子不再让我坐到他们身边，而他呢，因为他跟其他的人是那么不一样……

因为他不爱女孩子，他只喜欢像女孩子一样；因为他很擅长画画，但体育一塌糊涂；因为他长得跟瘦麻秆似的并且对什么东西都过敏；因为他总是一个人落在后面，完全沉浸在他那塞满梦想的世界；因为他总是等着最后一个进食堂以避开旋转门前的喧闹和推搡。

我知道，小星星，我知道……我讲述这个故事的方式过于老套，像劣质塑料制品一样……体弱多病的小同性恋和他那个从废品堆积场出来的珂赛特[1]，我承认，这故事缺少一点精致，好吧……可是，除此之外您希望我跟您讲点什么呢？讲我寒冬腊月住在真正的砖瓦房里，或者添加一辆轻骑和两个链形手镯，好让我们不怎么像是从哪部拙劣的肥皂剧里出来的人物？

嗯，不成……我很乐意那么做，但是我不能……因为所有那一切，是我们……是我们早年的生活故事……梦幻岛和大头哄哄、幼小的愤怒和木头脑瓜[2]。我无论如何都不会强迫自己把一些事情加以美化，好让它们听起来没那么令人伤心落泪……

---

[1] 雨果《悲惨世界》中的人物。

[2] 原文 Rage tendre et tête de bois 与 20 世纪 60 年代的一部著名的音乐剧 *Âge tendre et tête de bois*（《幼小的年纪》和《木头脑瓜》）谐音。

那么，就避开它吧！

避开它。[1]

然后呢，嗯？毕竟还是挺好的，不是吗？我不会向您兜售什么身体遭猥亵或者诸如此类的肮脏下流事……

万幸的是，我们家不是那种类型的。

在我们家，做什么事都很粗暴，但是不会去摸女孩子的小裤衩。

哎哟，哎哟，总算松了一口气，对吧，小星星？

而且，您知道，我认为我们也不见得就是老生常谈。我觉得在法国和其他地方的所有中学里，不管是在城里还是在乡下的学校，自习室里都挤满了类似我们这种偷偷摸摸者。

同无形的东西搏斗，背离自己，从早到晚屏住呼吸，有时会憋死，是的，最终撒手放弃，假如有一天没人拯救他们或者单靠他们自己解决不了的话……另外，我觉得这一次，我真的讲得非常得体。并不是为了让您免于陷入尴尬境地或者使我免受批评，而是因为我有一年生日，应该是我二十二岁生日的那天晚上吧，我按下了重启键。

我当着弗兰克的面重新启动自己，我向他发誓都结束了，向他

---

[1] 迈克尔·杰克逊"Beat It"中的歌词。

发誓说我永远也不会再伤害自己了。

那个小珂赛特，她也许缺乏想象力，但她信守了自己的诺言。

*

我们躲避对方唯恐不及，其实很有可能永远错过对方。

当时我们是在第二学期期末[1]，我们还要熬上几个月，然后再根据自己的强项、弱项和方向来做各自的打算。我嘛，我想尽可能快地参加工作，他呢……他吧，我不清楚……当我远远地打量他的时候，他让我想到了小王子……尤其是他也戴着一条同样的黄色围巾……他呀，谁也不知道他将来会怎么样……

是的，我们还有几个星期的时间不理睬对方，我们原本有可能摆脱对方的幽灵以及这个幽灵让人永远摆脱不了的一切。

除非是，我们接下去还有戏……

是上帝为自己一直放任不管感到羞愧、想通过照料他的消化不良问题来弥补一下，还是因为您或者你？确实，我已经受够了用"您"

---

[1] 法国的一学年分为三个学期，暑假后开学到圣诞节前为第一学期，圣诞节后到复活节前为第二学期，复活节后到暑假为第三学期。

来称呼"你"了，我感觉自己像在职业中心跟一名官员陈述自己的情况。我不知道是谁做的，因为什么原因，反正，确实就像《欢乐糖果屋》[1]里的查理和他的金券。确实……很幸运……

啊，可恶，我又开始哭哭啼啼了，我又开始转向我的破靠枕，好不让别人看出来。

*

我们被引荐给了阿尔弗雷德·德·缪塞[2]，我先前跟您说让我从"羊肚菌"走出来的不是学校或者老师，我那么说有失公允。因为，假如……由于我的那些老师都不喜欢我，他们在我心里很难高大起来，可是，假如……我亏欠他们的可不只是假期里的那些休息时间……

假如没有那一年的三年级法语老师吉耶女士，没有她对戏剧和她所谓的"现场表演"的执念，那我现在肯定跟鬼也差不到哪里去。

———————————

[1] 美国华纳兄弟公司 1971 年出品的一部影片。

[2] 阿尔弗雷德·德·缪塞（1810—1857），法国诗人、小说家、剧作家，1832 年二十二岁时与乔治·桑相恋，三年后最终决裂。代表作有《一个世纪儿的忏悔》。

我们不拿爱情当儿戏[1]

我们不拿爱情当儿戏

我们

不拿

爱情

当儿戏

啊……这个剧名，我太喜欢读它了……

---

[1]　或译"勿以爱情为戏"。缪塞在 1834 年创作的一个剧本的名字。

-6-

☆

那天早上，吉耶老师来学校的时候拿了几只她家厨房里用的藤条篮子。第一个篮子里装的是折好的字条，是要表演的剧目；第二个篮子里装的是班上女孩子的名字，她们要扮演卡蜜儿的角色；最后一个篮子里则是扮演佩蒂冈的男生的名字。

机缘巧合，当我听见弗兰克被选为我的搭档时，我还不知道我们要演的那出戏讲的并不是动物（我把佩蒂冈听成了佩里冈[1]），我完全乱了方寸，当时的情景依然历历在目……

抽签特意安排在复活节假期的前一天，好让我们有时间熟悉我们的台词。对我而言，那不啻一场灾难。在那该死的假期期间，我怎么能集中精力背下哪怕一丁点类似的玩意哟？还没表演就提前完

---

[1] 原文 Pélican 的意思是鹈鹕。

蛋了，我得拒绝。尤其是不能让他跟我在一起，否则的话他可能由于我的拖累拿到一个差分。假期，对我而言，是完全不可能学到任何东西的。而剧本中那些密密麻麻、蕾丝花边一样的长篇大论的废话，我想都没有必要去想。

于是，当他课后走到我身边时，我都没看见他过来，因为我已经六神无主了。

"要是你愿意的话，我们可以在我外婆家排练……"

那是我第一次听见他说话的声音……啊……啊……我的上帝啊……让我一下子感觉好多了……一下子就把我心里的疙瘩给解开了，平息了我心中的焦虑。

为什么？因为那样的话，我就可以不必去求老师了……

他以为我在犹豫（我哪儿会犹豫呢，只是在想要在他们家度过两星期的情景），便怯生生地补充了一句：

"她做过裁缝……她也许可以给我们做几件戏服……"

-7-

★

　　我每天都去那个婆婆家，每一次待的时间都比前一天要长。我甚至在那里住了一夜，因为那天电视上在播放那部名叫《项链》的电影，弗兰克建议我跟他们一起看。

　　在"羊肚菌"，也就这一次，他们没有过多地干涉我。说出来很可怕，但是在我们那个世界，如果你早早地跟人上床，你就会赢得尊重。

　　我有一个男朋友，我跟他交往，在成年的时候，我终于跟他上床了，所以我并不是那么不可救药。

　　当然啦，我总是忍不住产生这种特别丢脸、特别龌龊的想法。首先嘛，我已经习惯了；其次呢，当他们不阻止我逃跑时，我就无所谓了。我的继母甚至借此机会破费给我买了几件新衣服。有个男友比考个好成绩更能给她留下深刻印象……

要是我早知道，我一边看着我的第一条还过得去的牛仔裤一边寻思；要是我早知道，我之前就会编出大堆大堆的"佩里冈"之类的故事来……

无意识地，通过数不清的、在当时不可能条分缕析的方式，弗兰克的简单存在——甚至都不是"在我的生命中"，不是的，只是他的存在——改变了牌局。

至少是我的牌局。

那是我儿时的唯一假期，也是我这一生最美好的假期。

啊……讨厌鬼……

我的小靠枕。

-8-
⭐

刚开始的时候，最让我觉得不舒服的，是那里的静谧。由于弗
兰克的外婆不过来打扰我们，他说话的声音又特别轻，给我的感觉
就好像是隔壁房间里躺着一具尸体。他不停地问我，你还好吗？你
还好吗？因为他发现情况一点也不好，而我总回答很好、很好，但
说实在的，我感到超级不舒服。

后来我习惯了……

就像在学校里一样，我卸下了防御工具，换了一副态度。

我第一次去的时候，进了那间餐厅，餐厅那么洁净，应该从未
使用过。给人的感觉怪怪的……给人的感觉是衰老……凄凉……我
俩面对面坐着，他建议我们一起重新朗读一遍我们的那一场戏，然
后再进行排练。

我觉得很丢脸，我啥也没看懂。

我真的啥也没看懂，所以我读起来像个傻瓜一样，就好像我在读中文……

最后，他终于忍不住问我，我是不是读过这个剧本或者至少我们的段落中我负责的那些台词。见我没马上回答，他把书合上了，一言不发地看了我一眼。

我感觉我身上的针刺又要开始长出来了。我不想要他用那些 14 世纪的废话、蠢话来让我头大。我很想学会那些指定要我读的、像古文一样的句子，会读但不一定明白其中的意思，但我不希望他对我来老师的那一套。我屁股后面总有那么多人让我每时每刻都不敢越雷池半步，让我觉得自己多么像一堆臭狗屎。在学校里的时候，我总会闭上嘴巴以图个清静，但在那里不行，在那间散发着难闻的保丽净[1]臭味的房间里不行。他必须停止像那样看我，否则的话，我会夺门而去的。我已经受不了时时刻刻被人盯着看，我已经受不了啦。

"我喜欢你的名字……"

这话我爱听，尽管我自己是这么想的：啊，那当然，这是个男

---

[1] 美国假牙护理品牌。

孩子的名字……但他随即就纠正了我的想法：

"这是一个天后级巨星的名字……你知道比莉·哈乐黛[1]吗？"

我摇了摇头。

好吧，不知道……我啥也不知道，我……

他跟我说改天他会放她的歌给我听，然后他要我跟着他。

"过来……你坐在那张长沙发上……那里……我来把它读给你听……喏，拿着这个靠垫……你舒舒服服地坐好……就像在电影院里一样……"

由于我从没进过电影院，所以我更喜欢坐在地上。

他待在我对面，开始朗读起来。

他用我听得懂的话跟我讲解了一遍所有的人物。

"喏，是这样的……有一个老头子，被称作男爵……戏刚开始的时候，他非常激动，因为他每时每刻都在盼着他的儿子佩蒂冈回来，他已经多年没见着儿子了——佩蒂冈去巴黎读书了——还有他的外甥女卡蜜儿，她小时候是由他抚养的，他已经有更长的时间没见到她了，因为他把她送到修道院去了……你别跟我做那种鬼脸，那个时代这么做很正常……修道院代替寄宿学校接收贵族女孩。她

---

[1]　比莉·哈乐黛（1915—1959），美国爵士乐巨星。

们在那里学习缝纫、刺绣、唱歌，学做完美的妻子。另外，还可以确保她们一直是处女之身……卡蜜儿和佩蒂冈已经十年没见面了。他俩在同一个屋檐下长大并且相互爱慕。就像哥哥和妹妹，但肯定不止这一层，假如你想知道我的想法的话……这两个年轻人的教育让男爵花费不菲，现在男爵想做的事情是让他俩结婚。正好因为他们相爱，也因为那么做能让他收回成本。噢，是的……毕竟用掉了六千埃居[1]……你还好吧？你还在听我讲吗？好吧，我继续。佩蒂冈和卡蜜儿每人都有一个陪在身边的监护人……你看过《木偶奇遇记》吧？假如你愿意的话，反正就是一个类似杰明尼蟋蟀[2]那样的人……一个照顾他们、持续监视他们好让他们一直走正道的人。负责佩蒂冈的，是布拉尤斯先生，是他的家庭教师，也就是说是他小时候唯一的教师；负责卡蜜儿的是普露西太太。布拉尤斯先生是个一门心思只想着喝酒的大胖子，而普露西太太则是个丑老太婆，一心一意净想着拨弄她的念珠，向所有可能过于靠近卡蜜儿的男子发出'啧……啧……'声。她嘛，她属于那种没男人要的女人，反正嘛，她从来就没跟男人亲热过，所以她负责看管的小姑娘没有理由跟她不一样……"

---

[1] 法国古钱币名。

[2] 20世纪50年代迪士尼出品的《米奇俱乐部》特辑，片中的杰明尼蟋蟀是一个无敌教员。

　　我现在依然记得，即使他说得这么直白了，我的脑子还是转不过弯来。我甚至开始产生疑惑了……老师给我们布置的作业真是这样的吗？真的有这么污吗？可之前没给我留下这种印象呀……那个家伙的名字，叫阿尔弗雷德·德·缪塞什么的，那个名字就已经散发出一股子戴着过时夹鼻眼镜的老夫子的气味，而我……好吧，于是，我脸上露出了微笑，由于我在笑，弗兰克也变得开心起来。他的背上仿佛长出了许多小翅膀，他使出浑身解数就为了让我保持注意力。

　　无意中，他在给我提供第一次机会。我这一生的第一次表演……

　　当他给我介绍完剧中的人物时，还问了我很多很尖锐的小问题，检查我是不是都记住了。

　　"对不起，我这么做绝对不是给你下套子……而是为了确保你在后面能弄懂那个剧本，你明白吗？"

　　我回答说是的，是的，但我压根儿就不在乎那个剧本。我明白的是，有一个人在关注我，温柔地跟我说话，这已经不是法语作业了，而是科幻。

　　接着，他把《我们不拿爱情当儿戏》读给我听。或者不如说，他演给我看。针对不同的人物，他采用的是不同的声音，到合唱的时候，他站到了一张凳子上。

男爵出场时，他就是一个男爵；演布拉尤斯的时候，他变成了那个醉醺醺的胖爷爷；他把布里丹演成了一个只想着吃东西的肮脏的小老头；演普露西太太的时候，他变成了一个瘪着小嘴巴说话的老姑娘；演罗塞特的时候，那是一个善良的村姑，但超级天真；演佩蒂冈的时候，他是一个不知道自己是只想做爱还是结婚的帅小伙子；演卡蜜儿的时候，他变成了一个不是很时髦的女孩，身姿笔挺，样子刻板。好吧……开始……

一个对生活懵懂、酷似教堂里亮着的那些蜡烛中的一支的十八岁少女：超级朴实、超级纯净、超级洁白，但热烈地燃烧着。

是的，心中的感情喷薄欲出……

他的表演让我……惊叹不已。

确实就跟先前当我想忍住自己的眼泪、看到整个天空的时候的感觉一模一样……

我紧紧地抱着那个靠垫，就好像我在上面放了一个微笑一样。

我只顾着笑。

他演到了这一段，佩蒂冈用醉醺醺的、轻蔑的语气对卡蜜儿说：

"我亲爱的妹妹，修女们把她们的经验传授给了你，可是你要相信我，那不是你的经验。你没有爱过的话，是不可以离开这个世界的。"当演到这一段的时候，他把书"啪"的一声合上了。

"你为什么要停下？"我急了。

"因为我们的这一幕演完了，而且现在是吃下午点心的时间。你来吗？"

在厨房里，喝的是什么东西，我现在已经不记得了，大概是"原橙"牌果汁吧，还吃了他外婆准备的橡胶似的玛德莱娜点心，我情不自禁地大声说出了我的想法：

"我们就这么中断简直太可惜了……我太想知道她是怎么回答的……"

他微微一笑。

"我同意你的想法……问题是，后面有大段大段的台词……非常非常冗长的独白……很难学……但的确很遗憾，因为这一幕最美的地方，你会发现，是在最后面，佩蒂冈生气的时候，他对卡蜜儿解释说，是的，所有的男人都是流氓；是的，所有的女人都是婊子，但是当一个流氓和一个婊子相爱的时候，他们之间发生的一切会是世界上最美的，没有任何东西能与之相比……"

我对他微微一笑。

我们没有再说别的什么，但那一刻，我俩都知道接下来会发生什么。

我们假装把杯子里的东西喝完，就像什么事也没发生一样，但我们知道。

我们知道，知道对方心里也明白。

我们知道，这是我们最后的机会，我们要报复在全世界的流氓和婊子中间度过的所有那些孤寂的岁月。

是的。我们什么都没说，我们从窗户那里往外看了一眼，好不让自己那么紧张，但我们知道。

我们知道，实际上，我们也一样，我们也很美……

-9-

☆

我可以用一整个晚上跟你讲述接下来发生的事。跟他在一起的那两个星期，我们一起讨论，学习，做事，表演，吵架，和好，摔书，生气，放弃，大发雷霆，重新开始，重新表演，继续工作。

我可以跟你讲一整夜，因为，对我而言，我的人生，便是从那里开始的……

这可不是用一句话就能讲清楚的，小星星，它是我的另一张出生证，所以请你不要拿它当儿戏，否则我会生气的。

*

我们决定每天下午聚在一起排练当天上午学会的那段戏，很快，我就意识到我应该在我家之外另找一个安身之处。

我试过好几个地方：废弃汽车的后座、旧锯木厂的门廊、洗衣间，但是和我的同父异母妹妹（可以说跟我一样的类型，我们那一带的女孩子的典型）一起玩的那帮毛孩子把这一切变成了一场游戏，他们不断地跟踪我，跑来烦我。最后，我只好躲进了墓地，在一个地下墓室里安顿下来。

所有那些十字架，所有那些枯骨，所有那些碎石子和生锈的铁片，一下子就让你安静下来了。哄骗那个讨厌的、对十字架有怪癖的卡蜜儿，那可是个绝佳之地。

我并非故意那么做的，但确实，巧得很……

我不知道是不是跟场地有关系，是不是那些死人决定助我一臂之力，因为他们百无聊赖想打发时间，但是我真的很惊讶，惊讶于我学会那些台词的速度之快和不费吹灰之力。

我精心保存着我那本旧书，出于好玩，有时我会重新阅读我们的那一场戏，而每一次，我都不得不掐一下自己才能相信。我们是怎么做到的呀？我是怎么做到的呀？我连乘法表都不会背，平常要是有老师要我背一个超过五行字的东西我都会不知所措。

我不知道……我觉得那是为了配得上弗兰克……为了不让他失望……为了感谢他第一天那么亲切地跟我说话……

这很弱智，不是吗？

再说……我不可能措辞准确、恰如其分地做出解释，但是我觉得对长期以来漠视我的那个世界和那些人，这是一次报复，虽然很可笑……

我没有任何需要向别人证明的东西。没有。

我只想让弗兰克高兴，只想让自己从泥淖中挣脱出来。

我那时候太年轻所以理解不了，而今天我又没有足够的词汇把它表达出来，但我感觉到了，当我蜷缩在地下墓穴里学那个不停地挠头想为那些折磨着她的疯狂的问题找到答案的女孩的台词时，我也从中获益良多。是的，我也偷偷地潜入了她的渴望，随手窃取了她的一些勇气，而后步她的后尘逃之夭夭。

我一定下意识地告诉过自己，假如我确实能保证自己在演出的时候对答如流，并因此让弗兰克表演的角色臻于完美，那样的话，我就再也不是从"羊肚菌"出来的人了。

我会是……我自己，只是我。我会是从那个废弃的地下墓穴里出来的，从我那小小的礼拜堂……

是的，我躲在那里，坐在瓦砾堆中间，听那个富家千金的谵语，那个富家女从未遭受过苦难，她什么都想要，她甚至想在赌局开始之前就掳走所有的赌注，要不就是她不喜欢赌，她宁可不活了也不愿意像其他人那样活着，而我唯一要做的，便是抱紧她，让她帮助我实现她那巨大的渴望。

因为，就算我不赞同她那些固执的念头，我还是很钦佩她……

我知道她错了。我知道修女们给她洗过脑，知道那么做挺适合她，因为她害怕涉足未知的世界。我知道她放不下她的清高，知道她固执地坚守愚蠢的贞洁会把自己的一生都搭上。我还知道，要是她也到过"羊肚菌"，哪怕只是在那里遛了个小弯，她就会立马平静下来，会更加谦恭地设想自己的人生。但另一方面，也确实因为这个，她成了我求之不得的可以帮助我逃之夭夭的最好的同道人。

她是那么固执，那么拘泥，所以她是不会放弃的，假如我这边能够坚定信心，那么一切都有可能迎刃而解。

是的。两个像犟驴一样的人，我们准备行动了，准备逃之夭夭！

当然，那一切没有一样是有意识的，可是小星星，我那时才十五岁……我才十五岁呀，如果能远走高飞的话，碰到一根救命稻草我就会死命抓住的……

是的，我可以跟你说上一整个晚上，可是我没有时间，我准备按快进键了，只保留那场小冒险的两个重要的瞬间……

首先，是第一天他朗诵台词后的讨论；其次，是我们的"表演"

结束之后所发生的事情。

　　对了，小星星，你一直在听我说吗？

　　你不会从我这里逃走，对吧？

　　你要是听我的故事听烦了，就给我送一个急救包、一副担架和两个帅气的小伙子过来吧，把我的弗兰克救过来，我就不烦你了，我保证。

　　（"喂，你无须劳神……直接去阿贝克隆比[1]专卖店里偷吧，那样的话就无须组装了。"）

---

[1] 美国第一大运动休闲品牌。

-10-

★

她死了。别了，佩蒂冈！

念完这句台词后，弗兰克打住了，做了一个"不要走开……广告之后更加精彩"的表情。

我焦急地等待着后面的更加精彩。

是的，我一直在寻思，那两个人，他们会如何想方设法地再次挽救危局、绝处逢生，因为在那么多无聊的琐事中，一个可怜人的死无足挂齿，而一个美好的故事，尤其是爱情故事，总是以步入婚姻殿堂做结尾，最后总是载歌载舞、鼓声喧天，诸如此类。

可是没有那个后面的精彩。

戏演完了。

他很激动，我却很恼火。

他说棒极了，我却说狗屁。

他坚持说上了非常生动的一课，我却说什么乱七八糟的。

他为卡蜜儿辩护，她的诚实，她的贞洁，她对完美的追寻；我呢，我觉得她拘泥，没有主见，不懂得享受，就是个受虐狂。

他鄙视佩蒂冈，我呢，我理解这个人物。

他相信她已经立即回到了修道院。她伤心、失望，但也很欣慰，对男人的评价很差。我呢，我觉得尽管她对男人评价不好，但在收到几封安抚的情书之后，就会在一堆灌木丛后面屈服于他。

总而言之，我们各人咬着那块肉的一头，就是不肯松口。

就好像在用言语做兰开夏式摔跤[1]。

对不起!

怎么了，小星星?

你输了吗?

你想不起剧本了吗?

噢，好吧，等一下，别动。我用自己的版本然后再用弗兰克的

---

[1]　一种自由式摔跤。

版本扼要地讲述一下那段故事。如果运气好的话，你就能从两者之间多多少少听出缪塞的那个……

A（用我自己的版本）：卡蜜儿从修道院里出来了。修道院里的修女们被幽闭在里面，万般无奈，性格乖戾，万念俱灰，心烦意乱，卡蜜儿整个少女时期都一直在那里听修女们的哀诉。要么是被男的骗了，要么是长得丑，或两者兼而有之，要么是她们家里没有足够的钱来为她们准备嫁妆。好吧，没错，里面肯定也有一些圣洁的、愿意把自己的一生奉献给上帝的，但那些修女，她们是不骗年轻女孩子的，她们只做祷告。

卡蜜儿一直疯狂地爱着她的表哥佩蒂冈，所以这些年她一直对他想入非非，她把自己封闭得好好的，就像封闭在她的"特百惠"里一样。是的，她心里充满爱慕、渴望和思念，诸如此类，可是由于她心高气傲，她预感到他在巴黎的时候被许许多多的其他小娘儿们包围，这让他的八字胡高高地翘起来，于是她用各种可能的方式纠缠他，要他像那样跪在地上，抓住她的棕呢衬裙，向她交代："好吧，我交代……确实……我睡过别的女孩……可那么做只是为了保健，你知道……我嘛，我从来就没把那些小娘儿们放在心上……再说了……那只是些婊子……你非常清楚，我的爱人，除了你，我从未爱过别的女人……而且，我这辈子永远也不会再看其他女人一眼……我把手放在你的十字架上发誓……好啦，原谅我……原谅我掉进了那些狡猾的、暗藏的陷阱里，可当时那么黑，我看不到比我的下体更远的地方……"

可是他不知道她葫芦里卖的什么药（啊，不知道……）（可是，他也爱她……）（啊，是的……）（可是不要那么多废话）（啊，不要）（否则，就不是爱情了，而是一张保险单了）（啊，是的……）（所有这些台词都出现在我们的那场戏当中），她决定返回她的"地堡"，给她的同室女友写了一封信，信上写的不是"唉，他和我，我们看事情的方式不一样。帮我把瓶瓶罐罐和马毛垫子都再取出来，我要回来了"，而是添油加醋，"啊，我的妹妹……哎呀呀……啊，我拒绝了……啊，那个可怜的人……啊，我都对他做了些什么呀……啊，为他祈祷吧，因为……嗯，嗯，嗯……我都不知道他能不能从打击中恢复过来，等等。"

好吧，为什么不呢？她得跟那群准备迎接她回去的叽叽喳喳的修女们说点什么，只可惜，运气不好，佩蒂冈截获了那封信。他读了（这个，我们同意，是做了件蠢事），他明白她在睁眼说瞎话，遂决定跟罗塞特上床，以此惩罚她，城堡里那个可怜的放鹅女在特别错误的时间从那里经过。

卡蜜儿看见他俩在一起，再次被激怒了，她明白自己真的很爱他，必须停止胡来了，但还是继续胡来，佩蒂冈——发现她一直在耶稣

基督和他之间摇摆不定——假装／决定（那一天弗兰克和我一直在
为此争执不休）当真娶罗塞特为妻。

这下子，卡蜜儿真的崩溃了，最终放弃了她的念珠和她的清高。

啊！超级棒！在三幕戏当中，他俩闹过无数次别扭之后终于拥
吻在一起，只是，运气不好，罗塞特在附近全听见了，然后绝望地
自杀了。结局，你已经知道了。

那么……

干得好，干得好，嗯？

这两个蠢货，他们拿爱情当儿戏，干得真棒……

他们什么都有，金钱，美貌，健康，青春，一个慈祥的老爷子，
彼此有感情，等等……他们把那一切全都毁掉了，顺便还杀了个
人……因为任性……因为自私……为了打发时间找乐子，在一个喷
水池周围打情骂俏，互相用扇子轻轻打对方的鼻子。

令人作呕。

B（弗兰克的版本）：卡蜜儿爱佩蒂冈。她的爱纯洁无瑕，她爱
他超过他爱她，他从来没像她爱他那样爱过她，将来也永远不会。

她很清楚这一点，因为谈恋爱吧，她比他和他的那玩意更懂行，
尽管他那玩意瞄得很准，也能对接上。为什么？因为她在修道院里
遇见了真正的爱，伟大、纯洁的爱。那种爱永远也不会让我们失望，

跟我们所有的与屁股有关的故事扯不上一点关系，这些故事却能维持 purepeople.com [1] 网站的运营并养活一帮律师。

是的，她被主恩感动，准备把她的幸福奉献给这片土地，侍奉她永远的爱人。

所以，她只是跑过去亲了一下她的舅舅，取回了不知道什么东西。（她母亲给她的钱吗？我记不得了……）唉，她很清楚她的"蒂蒂"表哥，尽管他朝三暮四、做事轻率，不能获得永生，但对她还是产生了很大的影响……

该死的，所有的事情都乱套了。

好的，确实，她在那封信中把什么都搞砸了，在那封假正经的信中她把自己装扮成一个富有而又无法抵御诱惑的女子。可是，其一，他不一定非要读到它；其二，他只需当面对卡蜜儿说，而不是利用那个可怜的罗塞特，把她也牵扯进来（说到罗塞特，顺便提一下，她是个真实的人，有心肠、有灵魂、有眼泪，另外还有……呃……还有鹅和火鸡）。

啊，这场报复是多么的褊狭啊……可是情况就是这样，她爱他。当她恋爱的时候，做什么事都是直截了当的，不管是跟上帝还是跟一个懦夫。当她恋爱的时候，她是不会算计的，她把自己的全部身

---

[1] 法国著名的名人、明星新闻网站。

心都交了出来。她先前对他胡搅蛮缠，在我们的这场戏里，意思是，她对爱情、死亡、魅力衰退和忠诚感到焦虑，压根儿不是为了烦他，而是为了让他安抚她，让她心里感到踏实。

可惜，失败了。

由于她比他成熟一千倍，而他毕竟是在他那玩意（那个年代怎么说来着？绒球戟吗？）的控制之下，她给他的暗示他一点都没听明白，反而觉得她是个可怜的、狂热的"急冻"[1]小姐，已经被修道院里的那些嬷嬷院长彻底地引入了歧途。

简言之，这个小男爵有点神志迷糊了……

可是，由于我们说的是崇高卓越的卡蜜儿，为了爱情，她准备忍气吞声。

是的，为了对佩蒂冈的爱，她甚至准备在没有任何保障的情况下和随机的模式下恋爱。上档次，不是吗？档次主要来自她……因为卡蜜儿是这样的人：既直率又疯狂。大家都以为她刻板，而实际情况却恰恰相反。这个女孩，就像火山熔岩……喷薄欲出的火山熔岩……

她疯狂地爱着爱情，正因如此，她非常容易受伤。也是因为这个，使她显得那么美丽动人……

---

[1] 急冻先生（或急冻人）是电视剧《蝙蝠侠》中的一个人物。

像这样的女孩子，百年才能遇上一个，通常，她们的结局都不妙。

你会说，是电压的问题……

她们的电压太强了，不适合市场上买的那些灯座，她们怎么努力去适应都是枉然，每次开灯，都是"噗"的一声，全烧了……

当然，后面电还会来，所有的人都会一边说"啊……"一边回去干自己的日常事，但她们却已经死了，她们已经被烧焦了。人们摇摇她们，因为里面丁零丁零地响，所以就把她们丢进垃圾桶里去了。

那么，这个卡蜜儿是怎么回事呢？那是她真实的个性吗，抑或是她吃了太多的圣体饼？

她是不是一生下来就心比天高享受不了平凡的幸福？她心里的熔岩会不会因为佩蒂冈老爷落在坐便器旁边的臭袜子而冷却？

你在他们结婚二十周年纪念日那天也许能从她的脸上看出来，只是，游戏结束了，那个笨蛋爸宝男玩火玩得太过头，而那个可怜的罗塞特——因为成了这两个整天在你耳边窃窃私语，但在把脚往他们仆人的头上踩时甚至都不会把靴子上的泥巴弄干净的有钱的窝囊废的玩物而恶心不止——在后台寻了短见。

啊，嘘……不只是一种坏的作风，另外也败坏了气氛……喂！取消婚宴酒席，殡仪馆的人采取措施！

再见啦，情郎、誓言、婚礼、短笛和鼓声，戏演完了，所有的人都从座位上站起来，有点想吐。

这就是弗兰克那个版本的结局：不管是卡蜜儿的热切渴望，还是罗塞特的决绝之举，都是同样的较量、同样的故事。爱情是彻底的，或者那不是爱情。

因为，我们，不，拿，爱情，当儿戏。

句。

号。

*

上面的版本，我用的是×64倍速的快进速度讲述的，当然啦，我们花了大把大把的时间，才把那堆乱七八糟的东西理出个头绪来。

另外，弗兰克最后向我交代说，作者是在失恋之后创作了这部剧作，作者这么做是为了向那个抛弃他的娘儿们显示她造成的损失有多大，这也让我更加坚信这个乱七八糟的故事在我身上激起的不安情绪。

这里面有教训人和戴着面具复仇的一面，让我浑身不舒服。但又过于错综复杂，我那个小脑瓜是没办法做出辩护的，我没有再坚持，但我坚信自己的看法：那个缪塞，他不是很坦诚。他为了自己的私欲利用卡蜜儿，而他的私欲跟对上帝的爱没有太大的关系……

我没有再坚持，因为我很清楚弗兰克正准备鄙视我，因为我们不可以像那样把艺术和性方面的话题混为一谈，可是我……好吧，由于我法语成绩不好，我把嘴巴闭上了，但与此同时，我百分之百地理解那个把缪塞一脚踹开的负心女。

是的，是的，是的……那个诗人，不是很坦诚……

现在你明白了……我们为此进行过激烈的讨论，要是弗兰克没看手表的话，我们很有可能到现在还在争论不休呢。

哎呀，他"哎呀"了一句，然后站起来，因为他得赶紧赶回家吃晚饭。（在我们家，吃饭的时间总是……呃……更弹性一些……）

（一个说"哎呀"、担心打乱他妈妈的安排的男孩子，确实让我觉得奇怪……所有的一切都让我觉得奇怪，一切……实际上，我学到的远不止扮演一个角色，我学会了……一种文明……）（只不过是次序颠倒的）（在那里，是一个鼻子上穿着一根骨头、腰上缠着香蕉皮做的束腰带的野蛮人，正偷偷地观察着那些白人）

弗兰克刚刚看了他的手表，那个重要的时刻，先前我跟你说到的那个重要时刻，现在才开始。是我们之间的对话，他和我，在从克罗蒂娜（就是外婆）（但我有权直呼她的名字克罗蒂娜）家回他自己家的路上展开的对话。

由于这个时刻非常重要，再加上我已经很烦用间接引语转述了，加上那么多"这个""那个"把我们的故事都弄得暗淡无光了，所以我直接上对话吧。

我用缪塞式的语气……

咚！咚！咚！（敲棍子的声音）

呜——呜——（幕布开启了）

喀——喀……呼——呼……噗——噗……（这是老鬼们在咳嗽和擤鼻涕）

啦，啦，来……啦……（背景音乐）

一条小路上

弗兰克和比莉正在聊天

比莉：实际上，演卡蜜儿的应该是你……

弗兰克：（就好像他的腿肚刚刚被咬了一口似的）你为什么要这么说？

比莉：（才不在乎他的腿肚呢）好吧，是因为……因为你尊重她！既然你做了，就一直为她维护到底吧！我呀，我很想迎合她，可那个女孩，我感觉不到……我发现她太容易生气了……唉，问题不只是学会她那些啰里啰唆的废话那么简单，嗯？正因如此，我更喜欢佩蒂冈……

沉默。

弗兰克：（用吉耶老师的语气）我又没要你做卡蜜儿，只是要你演她……

比莉：（用比莉的语气）是的，好吧，要演，我们就一起演吧！我更愿意演佩蒂冈。我觉得对你说假如有一天我们不再相爱了我们就去给自己找情人，直到你的头发变花我的头发变白，对你这么说更有意思。

沉默。

弗兰克：不……

比莉：不什么？

弗兰克：这不是个好主意……

比莉：为什么？

弗兰克：老师不是那样分配角色的，我们要按照她说的做。

比莉：可是……可是她不在乎，不是吗？演出的戏才是最重要的，而不是谁演谁……

沉默。

弗兰克：不行……

比莉：为什么？

弗兰克：因为我是个男孩子，所以我要演男孩子的角色，而你是女孩子，你要演女孩子的角色。再简单不过，就这些。

比莉：（比莉在学校里啥也不是，但在现实生活中会维护自己，她很快就感觉到自己碰到了别人的痛处，所以她用开玩笑的语气来缓和气氛）我又没要你变成卡蜜儿，我亲爱的先生，我只是要你演她！

弗兰克（什么也不说……他微微一笑……他和这个从"羊肚菌"出来的怪女孩在一起很开心……他发现她这一次头发很整齐，没像一年当中的其他所有日子里那样穿一条可怕的运动裤）

沉默。

比莉：这么说……你不愿意？

弗兰克：嗯。我不愿意。

比莉：你不想满腔热情地说这样的话："你哪里知道什么是爱情？你只知道跪在情妇的地毯上乞求，把膝盖都跪烂！"对吗？

弗兰克：（微笑着）不想……

比莉：你不想当着所有人的面高喊："我想恋爱，但我不想忍受折磨！我想爱一个永远的爱人！"

弗兰克：（大笑）不想。

比莉：（确实很困惑）可是你花了两个小时跟我说的那些却恰恰相反……你花了两个小时试图说服我她是对的……而他，只是一个靠边站的可怜的家伙……说爱情确实是超级美好的东西，不能拿它当儿戏，诸如此类……

弗兰克：（确实很困惑地看着确实很困惑的比莉，但加快了步子，一边将双臂举向空中）可是……可是这只是个剧本！只是演戏！不是像人们站在一位法官或者职业顾问前面！这是演戏，比莉！这是……这是一项娱乐活动！

比莉：（没有立即作答，她在斟酌词句，她真的不是很明白，但她猜测，她真正要扮演的角色是在此时此刻，而其他所有的一切，卡蜜儿，罗塞特，佩蒂冈，上帝，缪塞，吉耶老师，浪漫主义，浪漫生活，浪漫戏剧，他们班上的那帮笨蛋，墙壁上散发出恶臭的涂鸦，那些能杀人的嚼舌根，她一靠近立马一哄而散的女孩子们，侮辱，谣言，在空中散成丝缕的唾沫星子，她准备离开时那些靠近她的男孩帮，前一年跟造型艺术老师的过节儿，那些让所有人作呕、永远都不会有人忘记的话语，初中毕业证，初中毕业，进工厂做工，全都关门歇业的商店，全都准备出售的房屋，没有前途的未来，没有希望的未来，已经填好的"积极就业团结收入"[1]表格，已经

---

[1] RSA，法国 2009 年 7 月 1 日起普遍实施的一项重大扶贫措施，是一项政府救济性补贴。

打开的电视，不胜枚举，所以，跟现在困扰她的东西相比，那表演就显得毫无价值了。所以，她保持沉默，她把她那狗屎一样的生活到目前为止输送给她的一切，她在"羊肚菌"以及周边所看到的、经历过的、遭遇过的和听到过的一切，所有那些没有信仰、没有法律、没有自尊、没有道德、一无所有的人教给她的关于人的一切，全都归集在一起；那些人粗暴、愚蠢、酗酒、恶毒，大量炮制孩子，生出来却又不负责任，只会向孩子们表演如何往才喝过的啤酒罐里撒尿，用马枪朝刚生下来的小猫射击或者用他们几乎读不懂的市政府的来信擦屁股，在孩子们还非常幼小的时候就不断地朝他们的鼻孔里吐烟，任由烟灰落在他们的练习本上，扇孩子耳光也是家常便饭，他们自己想享清福、想交媾然后炮制出更多从来不闻不问的小毛孩时就让孩子们自己睡在没有暖气的活动房屋里，等等，一言难尽……)

　　弗兰克：（焦急不安）你一句话也不说……生气了吗？

　　比莉：（还没有完全回过神来，但她还是鼓起勇气，像平常一样，说话不绕弯子）没有，只是，我……我不明白你……实际上我不是为你说话……我说"你"，但那不是你，是……是在你之外……对所有的人都有效……生活中，你可以说出自己的心里话并且表达得很恰如其分的机会并不多……用那些经过深思熟虑的语句来表达……利用另外一个人杜撰出来的人物来偷运一些你本人也觉得非常珍贵的东西……说你是谁……或者你想成为谁……而且说得特别精妙，而如果你手里没有那些妙语连珠的句子的话，你自己永远也做不到……

弗兰克：（？！）……

比莉：可是……噢……别用这种神情看我！你很清楚，我呀，我说不出那样的话！那么，你就别故意做出那种跟我一样蠢的样子！我极力想告诉你的是，当你身上有某样东西可以帮你生活……真正地生活……那种一直到死的时候都憧憬都能给你激励的东西……因为那种东西在你出生之前就已经存在，在你死后还会永存……是的，是那种当你死翘翘之后依然会谈论你，永远也不会背弃你的东西……噢……那么……你干吗要在乎一个人的生殖器？

弗兰克：你说什么？

比莉：是的，你非常明白我问的意思……你想要我说出别的叫法吗？阳具？阴道？乳房？

弗兰克：（？？？）

比莉：噢……你是故意装傻还是怎么的？你是听不懂我想说的，还是你不想？女孩或者男孩，这些都很重要，比方说孩子房间的颜色、服装、玩具、发廊的价格，你想看的电影或者想做的运动或者……我嘛，我什么都不知道！让女孩成为女孩或者让男孩成为男孩的东西，是不一样的……但说到这里……感情……就是你感觉到的那些东西，那些在你想到它们之前就从你的肚子里直接跳出来的东西……你今后的生活必然要依靠它们的东西，类似那种你如何处理与别人的关系，你爱谁，已经做好多大的挨打受罚、宽恕、挣扎、受苦等一切的准备，坦率地讲，但是你的……呃……你的解剖形态跟它有什么关系，我在心里问自己……而且我也要问你……假如卡蜜儿是你的队友，你一个男孩子演她又有什么关系？而且又不是在法兰西学院里表演，而是在一个烂城市的烂中学的烂教室里……嗯？你演她又有什么关系呢？大声说出卡蜜儿的台词，是最没有危险的。那个小娘儿们，她很强壮！她可以接受！为了奉行她的人生准则，她甚至都准备糟蹋自己的生活！你不是已经交往过很多跟她一样的女孩子吗？可我，我一个也没交往过……所以，我们不拿爱情当儿戏，好吧，但是作为交换，消除我的疑虑，我们无论如何还是有权利拿其他的一切当儿戏，不是吗？要不，我们只需全都直接去修道院，那岂不更简单？！不行，但确实是真的，所以这些都让我的神经受不了！所以这些乱七八糟的东西，时时刻刻都让我恼火！还有你那关于女孩、男孩的借口……我马上就告诉你：那都是狗屎。站不住脚，一秒钟都站不住！找点别的吧。

沉默。

然后还是沉默。

一直都是沉默。

弗兰克：不是法兰西学院，是法兰西剧院……

比莉：（她依然很恼火，她想说的那么重要的事情不得不绞尽脑汁却还说得那么别扭）我无所谓……

沉默。

弗兰克：比莉，你知道为什么必须由你来扮演卡蜜儿吗?

比莉：不知道。

弗兰克：（惊叹不已地转向她）因为有一个地方，佩蒂冈情不自禁地转向她，惊叹不已地对她说："卡蜜儿，当你眉飞色舞的时候，你多美啊!"

对话就此打住。首先因为，我们已经到了他家门口，其次因为，尽管卡蜜儿当即拒绝了佩蒂冈并对他说她才不在乎他的甜言蜜语，但我呢，我这辈子还是第一次听到别人对我这么说，所以，我……我都不知道该怎么接纳。确实，我不知道。于是，我像那种装聋作哑的女孩一样，装作什么也没听见，以免破坏那种气氛。然后，他用下巴指了指他家，说道：

"当然，我可以请你进去坐一会儿……"

我正准备回答"噢……不了，不了"，却被他打断：

"……可是我就不请你进去了，因为他们配不上你。"

这个嘛，当然啦，跟佩蒂冈的高谈阔论是两码事……

这个，是印第安人割开血管交换的血。

这个，意思是说：你知道吗？无知无识、粗俗肤浅的小比莉，你刚才的解释，我听得非常明白了，我的队友，是你。

就这样了。

啦，啦，来……啦，啦……[1]

---

[1] 弗兰克才跨进家门，他父亲就把他拦住，用贪婪的神情和心照不宣的眼光打探跟他一起逛街的那位小姐的情况。那天晚上，破天荒地，不管是弗兰克含糊其词的回答还是他表露出的明显的厌烦神情，都没能破坏父亲的好心情，在整个晚八点档的新闻时段里他的骂骂咧咧比平时少了很多。于是，在夜幕降临，在弗兰克吃第二份多菲内奶油焗土豆的时候，一个脏兮兮、怯生生、或多或少靠家庭救济金生活、正在徒步穿行三公里路程的少女的柔弱的身影，至少在一个晚上，没让冷战结束后一个由共济会会员、犹太人和全世界的同性恋者一起策划出的特大阴谋得逞（让－贝尔纳·穆雷非常清楚，因为他手上掌握的都是最新的文件）。

比莉现身，西方国家得救了。——作者注

-11-

☆

　　小星星，弗兰克说得对，他必须这样做，你知道是为什么吗？

　　首先因为他是个优秀演员，我却不是。我呀，听了他那么多建议也是白搭，我没办法像他那样，手舞足蹈，声音极尽夸张之能事，每个词、每个句子都饱含深情，还因为，归根结底，我这种拘谨刻板得就像屁股上插着一根扫把柄的表演能让我演出一个几近完美的卡蜜儿，因为她也是那个样子。

　　我穿着克罗蒂娜给我做的那件像是用土豆袋做的裙子，跟卡蜜儿一样紧张、一样多疑、一样放不开。

　　而他呢，他远不只是一个璀璨夺目——我说"璀璨夺目"的时候你完全可以相信我，因为从故事开始到现在我还是第二次使用这个词，第一次是在说到你和你的那些姐妹的时候——的佩蒂冈，是的，璀璨夺目……一个既温柔、善良，又残忍、忧郁、可笑、恶毒、虚伪、自负、脆弱、莽撞的佩蒂冈，他曾祖父的那件乡警制服穿在他身上又特别相称，那件服装被克罗蒂娜从上到下重新裁剪过，那些狐狸头状的纽扣也被擦得闪闪发亮，犹如金币一般。除此之外，还因为我的双味"彪汉"口香糖。

我来解释一下，在最后一段台词，所有的人都在等待的那段台词，弗兰克第一天就跟我提及过，最赫赫有名的"流氓与婊子"的那一幕，在某个时刻，佩蒂冈为了压住满腔怒火，为了避免气极了把卡蜜儿干掉而咬紧牙关对她说的那段话，"……世界只不过是一条深不见底的下水道，最奇形怪状的海豹在里面爬行，在堆积如山的烂泥浆上扭动"，等等。

我们进入排练阶段后，已经差不多两个星期了每天都见面，由于没完没了地聊天，不管是以卡蜜儿和佩蒂冈的方式，还是以弗兰克与比莉的方式，反正总在聊。当然，我们对对方的各种情况都了解得差不多了，我们成了生活中的朋友。

因此，他有什么烦心事没有必要向我隐瞒太久，因为我早就猜到了。

当然啦……我是有自知之明的……我料到我的表演方式让他完全受不了……

所以我要巧妙地套出他的话，让他把我彻彻底底地一脚踢开，然后不再提及。

"那么，说吧。有什么屁赶紧放，我听着呢。"

他把他自己的那本书卷起来，就好像一根小棒子一样。他叹了一口气，然后皱着眉头看了我一眼，终于把心里话喃喃地说了出来。

"那是整个剧本中最美的段落之一……甚至有可能是最美的……可是我演的话，可能会把它搞砸。"

"为……为什么要这么说？"

"因为……"他的眼睛看着别处补充说道，"因为当我准备说'海豹'这个词的时候，他们想到的是弗兰克而不是佩蒂冈，他们所有的人就会开始冷笑……"

我完全没有预料到他会这么说（弗兰克从不暴露自己的弱点，即使是现在，你也看见了，他之所以昏厥过去，也是为了向我们掩饰他的身体正在遭受痛苦），所以我没有马上回答。

（我这么做，也是跟他学的……疑虑总是以这种狡猾的方式潜入最拐弯抹角、最让人意想不到的地方，在那些比你强大得多的人身上表现得尤为明显）

我沉默不语。

我等了一分钟……两分钟……三分钟……第三分钟的时候终于可以了，于是我扭动腰肢重新出现在他的视线中。

"你的想法是错的，我可以拿任何东西跟你打赌。"

见他没有任何反应，我豁出去了。

"喂，弗兰克……你听见我说的话了吗？请稍稍回到我的视线中来。我拿一块双味'彪汉'口香糖跟你打赌，赌没人讥笑你……"

他妈的，这个赌，我赢它岂不是易如反掌！易如反掌！我为此哭泣，喏……我依然在为此哭泣……

对不起……对不起……是因为寒冷、饥饿、疲惫……对不起……

我哭泣，是因为他欠我的不是一块口香糖，而是一公斤！一集装箱！半挂列车！

是的，要是他有勇气信任我的话，他应该用铺天盖地的"彪汉"把我埋起来……

*

根据剧本年代顺序的要求，我俩最后一组上台表演（是的，我这里开始使用简单过去时来营造出史诗般的效果）。优雅的吉耶老师同意给我们五分钟的时间躲到走廊里换衣服，当我们回到我们的知识殿堂时，我只穿了那套黄麻布戏服，脖子上戴了个十字架。他呢，身上穿着那件非常修身、高贵的金纽扣礼服，脚上穿着那双乡村骑手穿的高帮皮靴，风向好像转了，开始对我们有利了。

是的，那些常常针对他和我，针对我俩的持续不断的窃窃私语声，开始明显地显得没那么多霉味了……

我们的观众好像认可我们了，接下去，我们……他妈的，等等……我还是换成复合过去时吧……否则的话，我会碰到太多的问题……接下去，我们只是简单地复述了我们已经背得滚瓜烂熟的台词，因为我们已经在克罗蒂娜的那间弥漫着死人气息的小餐厅里反反复复地演练了无数遍。

只不过，这一次的复述效果要好很多。

我这边，因为我跟卡蜜儿一样怯场，他呢，因为他完全放开了……

我们不想抽签，我们把第二幕的第五场全演完了，比指定我们表演的部分多出了太多，太多，太多。

一位正人君子会爱多少次？

要是你的本堂神父朝你脸上吹气[1]，然后告诉我你会爱我一生一世，我有理由相信他吗？

抬起头，佩蒂冈！是谁什么东西都不相信？

你只顾着享受年轻人的快活，当别人跟你说到被抛弃的女人时你脸上挂着微笑……

你的爱只是一枚硬币吗？你把它从一个女人的手上转到另一个女人的手上，直到死亡？

不，甚至都不是一枚硬币，因为最薄的金币都比你有价值，它

---

[1] 据说神父向附魔者脸上吹气可以驱除恶魔。

经过了谁的手，都会把谁的形象留在上面。

就这些，这些是我的，这些是我想得起的台词。

这些充满焦虑的片段，或者卡蜜儿留给我的所剩无几的这几句话，我在黑夜里把它们复述出来，我为你复述，小星星……

一位正人君子会爱多少次？

抬起头，佩蒂冈！

你的爱只是一枚硬币吗？

这很美，不是吗？

而今，我老了，过去我总是为了天长地久而爱，也总是为了天长地久而离开，我哭泣，我受苦，我害别人受苦，我重新开始，今后还会重新开始，我很能理解她，那个小女子……

那时，我总是心怀愤懑，所以把她视为泼妇，可是到了今天，我才真正明白，她是个孤女。

一个像我这样的孤女，像我一样爱得死去活来的孤女……

是的，今天我可能会带着更多的柔情去饰演她……

至于弗兰克，非常简单，我记不得是在哪一年了，但是在四月的一个星期四早上的第二节课，他在雅克－普雷维尔中学 C 教学楼的 204 教室相当于放了一把火。

肯定的，"呜——呜——呜——"消防队队长：火。

他旋转，他跳跃，他逗弄我，他围着我转圈，他把老师的办公桌变成了石井栏，他提起椅子然后又把它猛地放到地上，他伏在黑板上，把玩着一支粉笔，他跟我那个躲在工具书书柜和安全出口之间的影子说话，他冲向第一排的那些马屁精，跟他们说话，就好像要请他们做证一样，他……

他就是那个风流放荡的人，那个坏小子，那个外省的小贵族，他身上还留有巴黎那些狐狸精的香水味，那个傻瓜，那个笨蛋，那个粗暴而又温情脉脉的大男孩。

而且还是个情种……还自命不凡……还牛 × 哄哄……还刚愎自用……也许还受到了伤害……

是的……是致命伤……

如今我已经老了，诸如此类吧，这也是我经常问自己的一个问题……

就像弗兰克一样，佩蒂冈一定也遭受了极大的痛苦却又不能流露出来……

　　总之吧，我啰啰唆唆说了这么多就为了表明，当我想着我的"彪汉"而不是我的贞洁的那一时刻来临之时，我听见了，当前一天还让他如此忧心忡忡的那些词句哗啦哗啦地从他的心里涌出——他的心终于可以全速前进（我们那里用来说摩托车的……假如你想让它们的时速超出每小时四公里、想让它们更加震耳欲聋时，你就跟它们说"全速前进"）了。我心想，轮到我听他说时，我比演卡蜜儿的那个时候更加聚精会神，因为我知道他说出这些话所付出的代价有多大。是的，他像那样猛烈地痛斥我（为我可能记错的台词提前表示歉意，很长一段时间我都是烂熟于心的，但这么多年了我一定忘记了两三样东西），眼睛直视着我，手已经搭在我们教室的门把手上：

　　"别了，卡蜜儿。回你的修道院去吧，谁要是再跟你讲那些可怕的、毒害你的故事，你就用我跟你讲的这些话来回击：世界上所有的男人都是骗子[1]，他们见异思迁，伪装，狡辩，虚伪，傲慢，懦弱，卑鄙，淫荡；所有的女人都无情无义，爱慕虚荣，满嘴谎言，好奇心重，道德败坏；整个世界只不过是一条深不见底的下水道，最奇形怪状的海豹在里面爬行，在堆积如山的烂泥浆上扭动。但在这个世界上，有一样东西是崇高、神圣的，那就是这些如此不完美、如此丑陋恐怖的人当中的两个人的结合……在爱情上我们常常被欺

---

[1] 前文出现的是"所有的男人都是流氓""所有的女人都是婊子"。

骗，常常受伤害，常常痛不欲生，但是我们在爱着。而当我们走到坟墓边上的时候，我们转身回望，我们会对自己说：我常常受苦，我有时也会出错，但我爱过。那个生活过的人是我，而不是被我的自尊和烦恼制造出的假人。"

喂……

连你也被吸引住了，嗯?

于是，如你所想……"海豹"这个词从他嘴里一溜烟似的滑出来，就像是浮冰上滑过的一个屁……

没有一个人讥笑，没有一个人。

同样，也没有一个人鼓掌，没有一个人。

你知道是为什么吗?

不知道? 不，你当然知道。你猜到了，是不是?

来吧……

好吧，他们啥也没说，是因为这帮小基佬，他们被镇住了，目瞪口呆!

哈哈哈!

抱歉，小星星，抱歉……我感到惭愧……我刚才"哈哈哈"，那只是为了听见我在黑夜里的笑声……为了给自己增添一点勇气，向猫头鹰们问个好……

抱歉。

我重新开始。

没有一个人鼓掌是因为他们被惊得目瞪口呆，以至于他们的小傻瓜脑袋找不到遥控器上的"拍手"按钮。

最糟糕的，是我们的那位老师。她的按钮干脆熔到遥控器盒子里去了……

说真的，这持续了很长时间，很长时间……一、二、三……我们甚至可以像拳击裁判一样数秒数。我们呢，我们一动不动。我们不太清楚自己是不是可以走出去换衣服，还是像那样穿着戏服回到座位上。就在这时在教室的最里头出现了一阵炸雷声，其他人当然也跟着鼓起掌来。

所有的人，都疯了，失控了。

就像一阵巨大的雷鸣在我们的脸上炸响。

啊……啊……

美不胜收啊……

但对我而言，最美不胜收的，是这个时刻：

当铃声响起，所有的同学都跑出去课间休息时，任课老师在我们收拾道具、饰物时朝我们走了过来，问我们同不同意在其他班级上再表演一次。其他的老师和校长，甚至也会参加。

我嘛，我什么都没说。

我在学校里从来都是什么都不说，我休息。

我什么都没说，但我不想再演了。并不是因为我怯场，而是因为生活早就教会我，不要跟它索要太多的东西。能够经历，就是给我们的最好礼物。而此时此刻，就是。礼物已经开包了，就行了。就让我们拿着这份礼物安安静静地待着吧。我不想再冒险把它搞砸，或者让人把它偷走。我拥有的珍品少得可怜，现在拿到的这个我太喜欢了，我再也不想而且永远也不想把它拿给任何人看。

吉耶老师用她那靴子猫[1]一样的小眼睛看着我们，但是她并没有夸我，让我有些难过。喏，她的确跟其他人一样，没有任何分别……她什么都不懂，她什么都看不明白，她什么都理解不了。她一点也想不到……为了能让同学们永远闭上他们的臭嘴，我俩这段路走得多么艰辛……

那此时此刻呢？她是怎么想的？她认为我们只是马戏团里的那种熟练的小狗吗？噢，不是，我的大小姐……噢，不是……我嘛，我在走到那一步之前，一直待在一个地下墓穴，而他呢，他则在一个水密箱里。今天，我们向您证明，我们无论如何都是自由的，我

---

[1] 《怪物史莱克2》中的一个角色，遇到强敌时总是泪花闪闪，一副楚楚可怜的模样。

们也非常棒，结束了，回家去吧，但别指望我过去吃您手上的糖果。因为，对我们而言，那不是一场戏，您知道……

那不是演戏，他们也不是角色。对我们而言，他们是卡蜜儿和佩蒂冈，是有钱人家的千金小姐和公子哥儿，特别啰唆，还超级自私，但是当我们身陷烂泥坑的时候他们俩拉了我们一把，然后在你们的掌声中送我们上路，所以，您还是带着您的表演想法走吧，走吧。我们不会演了，永远也不会演了，无论出于什么原因。假如您没有立即弄明白，那您永远也不会明白，所以……不必遗憾……

"你们不想吗？"她非常失望，又问了一遍。

弗兰克看了我一眼，我朝他轻轻地摇了摇头。那动作只有他能看出来。一个密码，一个战栗，一个印第安兄弟间的暗号。

于是，他朝她转过身，用那种果断的、超级轻松的语气对她说：

"不了，谢谢。比莉不想，我尊重她的意愿。"

他这么说，真的，好似狠狠地给了我当头一棒。

这一棒留下的疤痕依然在那里，我永远也不会用东西去掩盖它。

我为此感到无比自豪……

因为他的好心，他的耐心，克罗蒂娜的慈爱，她那 1984 年就过期了的石榴汁糖浆，她的佩皮多糖果，她的邦加汽水，她帮我整理裙子的时候那双搭在我颈子上的温暖的手，刚才的那阵沉默、疯狂的鼓掌声，还有这位任课老师，之前一门心思只想着羞辱我或者在我的名字后面打零分，此刻却在我面前忸怩作态，好去校长那里搔首弄姿，所有这一切真的令人心旷神怡，我不想争辩，但是所有这一切与他刚才说的那句话相比真的微不足道……

真的微不足道。

"我尊重她的意愿。"

有人尊重我的想法。

而且是当着一位老师的面这么说！

可是……可是我，在某些夜晚，就为了弄到点吃的，都得斗争！我呀，在某些清晨，我都不知道是不是……不说了，没什么……我呀，"尊重"这个词，它的意义是如此空泛，以至于我都不明白为什么要把它造出来！我一直以为这是个傻不拉几的东西，在信的末尾才会使用，就像这样"请接受我的敬意[1]，部长先生"，然后在下面签名，诸如此类……而此刻……这个小屁孩……这个大概泡了水也才够一百斤的小弗兰克，他在搞什么呀？他让一个女老师在我面前

---

[1] 法语"尊重"respect 做复数时有"敬意"的意思。

呆若木鸡，逼她用恳求的目光注视着我！

啊，我的上帝啊，这是件了不得的大事。

这个，确实了不得……

对不起，能再说一遍吗？什么呀，乡巴佬？您还想烦我们吗？啊，不行。不了，谢谢。因为比莉不是很想演，我要尊重她的意愿。

啊，这样……

他这么一说，让我横空出世……

而且，吉耶老师一转身，在教室里从不开口的我开始大声尖叫起来，像一头野兽那样尖叫。表面上看是在释放压力，实际上，我到今天才弄明白，那压根儿就不是缓解紧张或者排解压力的问题，而是新生儿的啼叫。

我尖叫，我大笑，我活过。

所以，小星星，你知道，我真的在竭尽全力，就为了说服你再帮我们一次。可是，要是你不愿意，也别担心。弗朗基，我还是会把他救出去的。

假如有必要，我会把他扛在肩上，咬紧牙关走到世界尽头。是的，假如有必要，我会扛着他去月球，最终抵达火星上的急救站。可是眼下，不用担心，你和所有其他人，你们尽可以相信我，让我下定决心。

-12-

☆

我承认，为了让快乐一直延续到现在，我有点拖拉，但你放心，后面的速度会加快的。你记好了，我没有太多的选择，因为这个季节的夜晚很短暂，假如我想在你消失之前把全部的故事都讲完的话，我最好加快速度。

但话说回来，你懂的，刚才讲到的那些都很重要，因为那是演出的第一季。类似于那种为后续部分做铺垫，诸如此类吧。过后将只是一些或多或少精心构建的连续剧，一集接一集都一直影响到你了。

而且，你已经知道了……你一直在场的……

是的……

你一直在场。

好吧，有好多次，是真的，虽然你漫不经心，但我知道你和我们在一起。我知道。

在第一集中，我全神贯注非常用功，因为在说到我们的邂逅时我总是情不自禁，我们的友情被隐含在这场戏里了。而且，全都在里面了，所有的一切……我们的存在方式，我们的不存在方式，忍受痛苦的方式，闲聊的方式，相互帮扶和相互爱护的方式。就像有一天我跟弗朗基说过的那样，我们是连通器，但里面都是淤泥，所以，对我而言，好好跟你讲一讲我们人生的起步阶段很重要……

而且这样也挺好的，不是吗？有很多人光是写他们童年的书就像母鸡下蛋一样弄出了五六卷，然后又用了四卷多来写他们第一次使用避孕套的经历。我呀，所有那些我都帮你把它们拾掇到一场戏里面了，这么做是对的，你得承认。

*

我不会说，接下来的那些更容易，但我们是两个人，所以，我才说：接下来的那些更容易了。在课间休息的时候，已经有人喊我们"卡蜜儿"和"佩蒂冈"了。嗬，这已经是在把我们当偶像崇拜了，不是吗？

恰恰是因为我们不想再重演，我们的辉煌成就便演绎成了一段神话一样的东西，那天因病或其他不知道什么原因缺席的那些人，照其他同学的说法，就好似他们错过了法国队拿金牌的奥运会比赛一样。

住在活动板房里的那个黄毛丫头如履薄冰记住的大量超级过度雕

琢的句子，弗兰克用杀人犯的声音诠释一个女人如何用爱情撕碎你的心时的愤怒，还有我们定制的超级漂亮的服装，都变成了石破天惊的大事。尽管我并没有因此拿到更好的分数，弗兰克也没有赢得更多的朋友，但是，也很好呀，因为他们从不再侮辱我们转而变成不再理睬我们了。所以，谢谢你，阿尔弗雷德·德·缪塞，谢谢你。

（尽管我坚持认为，你没有必要为了自己的利益把小罗塞特弄死。如果所有遭受欺骗的人都这么干，那么这个世界上就不剩什么人了。）

*

弗兰克和我，我们并没有变成形影不离的伙伴，因为还有太多的事情把我们分隔开：他那个疯疯癫癫的父亲已经使自己的长期失业演变成剧烈的妄想症发作，整天上网和他那些基督教国家的外籍军团网友交换高度机密情报，他母亲则几公斤几公斤地往喉咙里灌梅多克葡萄酒，好借酒忘记自己跟这样一个疯子住在一起。我的父亲不用电脑都让人觉得他是个有正式任务的外籍军团士兵，而我那个酒鬼后妈，带着她那群雄鼠、雌鼠和幼鼠，成天大呼小叫、骂骂咧咧。我们想显出一副自命不凡的样子也是白搭，屁股上粘着这么多屎，让我们的屁眼不堪重负……

原谅我的粗俗。换句话说，这样的厄运让我们的翅膀变得非常沉重，我们就好比两只被遗弃在肮脏破烂鸟巢里的幼鸟……

　　另外，我呢，由于我比他更脆弱，我总是努力地想回到同学群当中，努力地让他们喜欢我。但是他呢，他依旧独来独往。他，就像是让－雅克·戈德曼歌中唱到的那个人：*他独自走着，没有目击者，没有任何人，只有自己的脚步声在回荡*……诸如此类。

　　他的孤独是他的拐杖，就像我，我的拐杖是我那帮傻×女同学。

　　刚开始时，有那么一两次，在课间休息时间，我试着走过去跟他说话，或者在食堂就餐时坐在他旁边。可是，尽管他对我总是很友好，但我感觉到我有些让他局促不安，所以我没有再坚持。

　　我们只是在星期三中午才一起说说话，因为他去克罗蒂娜家吃午饭，于是我也不坐大巴车，好跟他一起走一段。

　　开始时，克罗蒂娜邀请我留下，可是由于我总回答说"不了"，所以她也就没有再坚持。

　　我不知道自己为什么要拒绝。我觉得，依旧是那个过于美丽、重新包装好的礼物的故事……我害怕，要是我再走进那个家，会把一些东西搞砸。复活节的那个假期，是我唯一的美好回忆，我还没准备把它从橱窗里拿出来。

　　这件事，你不会太明白，因为此刻只是我一个人在说话，弗朗基还处在昏迷状态，我学着趁这个机会把它打开，但那个时候，我非常胆小……

　　非常非常胆小……

　　我童年时好像并没有被真正地殴打过，那种往死里打，类似《侦探》杂志[1]封面上刊登的那些受害者或诸如此类的虐待，我嘛，打得不重，但一直挨打。

　　一直，一直，一直……

　　这里一巴掌，那里一巴掌，出其不意给你来一下，在过道上或者不在过道上时朝你的腿上踹一脚。那两只总是扬起来的手仿佛在告诉我：你等着，我给你一巴掌。诸如此类，使得我……怎么说来着？

　　我现在还记得，有一天，我在学校图书馆的一本小册子上，看到一篇介绍酒精的文章，文章说，当然你不该喝酒，但是，假如你某天晚上喝醉了，那就好比在地板上泼了一桶水，那没什么大碍，你赶紧用拖把拖一下，地板就干了，事情很快就被忘记了。但酗酒呢，即使隐藏得很深，即使受到控制，那也像是打点滴一样，慢慢地，一滴接着一滴，最后，那木地板必然会被滴穿，即使是最结实的地板……

　　那么，我小时候不间断地挨到的那些小耳光和身上的小瘀斑就是这么回事……它们虽然不至于把我打进社会新闻栏目或者社会福

---

[1]　加斯东·伽里玛1928年10月25日创办的一份周刊。现在改为《新侦探》，由日夜出版社出版。

利部门的档案里去，但是让我的脑袋穿了一个孔，就是因为这个我才那么胆小：无论什么样的小穿堂风从我这里经过，都会立马让我昏倒。而弗兰克，在那个时候，他也没强大到有能力给我必要的帮扶。所以，我们彼此之间都非常小心翼翼。我们相互钦慕，但是并没有如胶似漆地黏在一起，以免给对方带来更多的霉运。

可是这样也挺好的，因为所有那一切，我们心里都很清楚。

我们清楚我们之间这么做，不是鄙视或者冷漠，而是小心谨慎，我们不再表露出来，但我们永远是朋友。

他很清楚，因为当我感觉到他的伤心超过孤独，或者沮丧超过幻想时，我就坐在他面前，像这样对他说："抬起头，佩蒂冈！"我呢，我很清楚，因为即使他有时很想知道或者很好奇，但他从来不提把我一直送到家的事，而且，他从不提特别明确的问题。他彬彬有礼，他尊重别人，他很慎重。就像他父亲可能会说的，他一定觉察到了，"羊肚菌"那边，不大会是基督教民族的摇篮……

我们星期三在路上分享的半个小时使我们得以对抗一星期余下的日子。我们并不是正儿八经地聊天，但我们在一起，我们一起朝着过去的好时光走去。

这个，挺好的。

它让我们挺了下来。

*

是在接近六月中旬的时候，我开始感到害怕了：我没有升上高一，连职业学校那条路也走不通，而他却准备寄宿，要进一所好的高中。

有那么一段时间，所有那些恐惧都气势汹汹地在我头上盘旋，我总是设法把注意力转到别的地方去，可是，木已成舟，白纸黑字写在那里，写在我的成绩单上——"不予通过"，而他收到的录取通知上却是"寄宿学校录取"。他把通知给我看过，一脸的兴奋。

"砰"的一声，又一记拳头打在我的肚子上。

我依然记得，那一天，我问克罗蒂娜，我能不能留下跟他们一起吃饭。我那么做很蠢，因为我一点东西都没吃进去。

我道出了真相，我说我肚子疼，克罗蒂娜原谅我了，因为对那种年纪的女孩子来说，肚子痛太正常了。可她弄错了，自然……我不是因为那个原因才肚子疼的……

*

幸好，学期结束之前我们还剩下一段美好的回忆可以分享：全班出游去巴黎……

　　那是考试前的最后一星期，老师把我们带进罗浮宫——我们班上的一帮笨蛋，还有三年级 B 班的。所有这些傻瓜都只顾着自拍，只顾着看他们刚刚拍下的傻瓜照，而博物馆里那么多美好的东西他们却视而不见……

　　在大巴上，弗兰克和我，我俩挨着坐在一起，因为只有我俩是落单的。

　　行车途中，他把一边的耳塞借给我。他为这次出游准备了一个专辑，就是他说到过的那个大名鼎鼎的比莉·哈乐黛，我终于听到了她的歌声……她的歌喉如此清脆，让我第一次听懂了英文歌里的一些歌词……"Don't Explain"（别解释）……这首歌，的确非常动听，不是吗？真的很悲伤，但又真的很哀婉动人……后面我们还听了好几首，然后是在高速公路服务区停车尿尿，于是他重新收好他那家伙，我们各自回到自己的那一边，好给对方留一点空间。

　　当大巴重新启动后，他跟我讲了我们刚听过的歌曲后面的那个人的故事。他用的是爆料花边新闻的方式，就像那时的《哎呀》[1]

---

　　[1]　创办于 2008 年的法国时尚八卦半月刊。

上刊登的八卦，当然，我也用同样的方式来回应他，就像这样：啊，是吗？啊，真的吗？啊，这样啊！可是，当然啦，再一次，他和我，我们非常清楚我们之间正在发生什么事。或者有什么东西从我们之间过去，我或许应该这么说。

就好像为了确定我俩谁应该演卡蜜儿时我做的那种愚蠢的解释，我用的词句不是最美的，但是它们终究完成了自己的任务……

关于我们此前听到的那副非常美丽的歌喉后面的那个人，最著名的世界级歌星之一，爵士乐发明以来曾感动几百万人，她去世五十年后两个乡下的小中学生还在一辆大巴里靠在一起听她的歌，弗兰克跟我讲了她的哪些故事呢？

噢……

都是些无足挂齿的小事……

说她母亲在十六岁时就被父母赶出了家门，因为她的母亲怀孕了，而她本人也有一个难以忘记的童年，她亲爱的外婆在她的怀里去世后，她很长一段时间一直不愿意开口说话。她十多岁时的一天夜里被一个邻居强奸了，她被送到一户人家那里，在那里遭受虐待和痛打，最后去了妓院和她那个酗酒的母亲待在一起，也被迫开始接客，接客的频率比预想的要高，可是还好啦……想想看吧……那终究还是让她渡过了难关……

　　他还说，她不只是获得了永生，她还把她的生命放飞到空中，让它如小鸟一般美丽地翱翔。

　　别解释，嗯？

　　妙不可言的是，就在后面，在他辑录的歌曲里，有《我要活下去》《手足情深》和《比莉·琼》，特别献给"淑女黛小姐"[1]，使我们得以从容不迫地和她告别。

　　你听见了吗，小星星？你听见我的朋友他是谁了吗？你看见他，看见我的小王子了吗？从你所在的位置，是不是要给你配一副望远镜？

　　如果你看见他就像我跟你讲述的，也就是说非常近，没有丝毫的困难，而你却让他遭受不必要的痛苦，那你真的要花点时间向我解释你那么做的理由，因为我向你坦白，我的生活中经历过太多的东西，太多、太多，但这场灾难，你要知道，我已经感觉到自己比较难以承受了……

*

　　我呀，那个时候，我还是特别傻的那种，但是弗兰克，那一天，

----

[1] 比莉·哈乐黛的绰号。

巴黎对他而言是一次冲击。

　　为什么是一次冲击呢？那次冲击，他生命中的那次冲击……

　　他已经去过好几次了，去那里看演出，他母亲的企业委员会出钱买的票，但总是在圣诞节的时候，所以是在晚上，而且要马不停蹄地赶，再加上是跟他父亲在一起，他父亲一刻不停地跟他们讲那些建筑，说由于一些人的钩心斗角，这个或者那个犹太人便把它们据为己有（这家伙简直是个神经病），所以给弗兰克留下的是很不好的回忆……

　　可是，在六月的那个美好的日子里，走在他旁边的是他的小比莉，这个小比莉相信一个共济会会员是一个正直的葡萄牙人，还用手指把一大堆需要记住的、漂亮的细节指给他看，所以这次旅行让他醍醐灌顶、脱胎换骨，完全变了一个人。

　　坐车来时的那个弗兰克和坐车返程时的那个弗兰克，这两个人之间没有任何关系了。当我们的大巴重新上路朝那个我们度过死气沉沉的青少年时期的小镇开去时，他没有再说话，他把两个耳塞和剩余的食品都留给我，整个行程他都是一边望着窗外的夜色，一边沉浸在幻想之中……

　　他坠入爱河了。

　　罗浮宫，金字塔，协和广场，香榭丽舍，我看着他欣赏它们，我仿佛看到了温蒂和她的小兄弟们跟着彼得潘一起飞越伦敦。所有的一切都那么美，都让他眼花缭乱，目不暇接。

除了那些建筑，我觉得让他震撼的主要是那些人……那些人，他们穿衣打扮的方式，千奇百怪过马路的方式，在汽车之间翩翩起舞的方式，大声说话的方式，他们彼此之间朗声大笑的方式，疾步如飞的方式……

那些坐在咖啡馆露天座上的人微笑着看我们经过，那些超级时髦或者穿上班正装的人在杜伊勒里花园的长椅上野餐或者在塞纳河边头枕着公文包晒太阳，那些在公共汽车车厢里看报纸手都不扶任何东西的人，那些从不知道叫什么名字的滨河路的鸟笼前经过都没意识到笼子里有鹦鹉因为他们的生活好像比那些鹦鹉有意思多了的人，那些一边在太阳下踩着单车一边在电话里说着、笑着或者发脾气的人，那些从一些超级高档的商店里进进出出却什么都没买就好像那么做很正常的人。就好像那些女售货员就是花钱雇来做那种事的，就是为了咬住牙齿朝他们微笑似的。

哎呀呀，是的……所有那一切都让我的弗朗基激动不已，春天里的巴黎人就是他的蒙娜丽莎……

有一刻，我们到了塞纳河的一座桥上，也可以说是一座栈桥，我们周围，无论我们把头转向哪里，看到的都是极美的景致：巴黎圣母院，我们排练时说到的那个名声显赫的法兰西剧院，埃菲尔铁塔，在塞纳河畔绵延开去的精雕细刻的美丽建筑，那座我已经记不得名字的博物馆，等等。是的，当我们周围的其他所有的乡巴佬都在使用相机的变焦模式拍摄那些情侣游客挂在护栏上的同心锁时，我们伸长脖子，我真想对他许下一个誓言……

他流着口水欣赏全部美景，就像一条瘦骨嶙峋的、可怜的狗看到一块油水很足却永远也够不到的大骨头一样，这时我好想拉住他的手或者胳膊，悄声对他说：

我们会回来的……我向你保证我们会回来的……抬起头，弗兰克！我向你保证我们有朝一日会回来的……永远回到这里……我们也在这里居住……我向你保证，某天早上，这座桥，你穿过它就好像是去富热雷（是我们的面包店的名字），你忙着用你那台超薄的高级手机打电话无暇顾及其他的一切……话说回来，不，你还是会欣赏周围的美景的，但口水流得比今天要少，因为你已经把它啃得差不多了……向前走，弗兰克！是谁，什么东西都不相信？既然向你发誓的人是我……我……你待她恩深义重的比莉……你会相信我，不是吗？

我亲爱的兄弟，你的家人和普雷维尔中学的老师们把他们懂得的知识传授给你，但请相信我，那并不够，你会学到更多的东西，你没在这里住过的话，是不可以离开这个世界的。

是的，我感到自己有这种强烈的愿望，愿意指天发誓地向他保证有一个风景明信片般美好的未来。可是，我没有说出口。

　　对我而言，那根骨头不是超出了我的能力范围，而是完全在我的生活之外。我在将来的某一天回到这里的机会微乎其微……甚至没有任何机会。

　　于是，我像他那样，我看了一遍风景，然后在那里挂了一把想象中的同心锁，锁上镌刻着我俩名字的首字母。

*

　　这是我们第一季的最后一段美好时光。

　　下一集开头的要点我向你扼要概述一下：主人公是我们，布景很差劲，故事情节不是很多，不久之后将会更多一些，次要人物我们无所谓，未来的前景黯淡无光，尤其是对那个女主角而言更是如此，而继续下去的理由，一个也没有。

　　你怎么想？你什么话也不说吗？

　　喂……你睡着了还是咋的？

　　抬起头，小星星！

　　啊，刚才说到理由，还是有一个的！你也很清楚，恰恰是由于这个原因，我拽着你跟你讲了好几个小时！

　　那个理由非常愚蠢，我几乎不敢说出口，因为理由是爱情。

Part 3

我寻找他的手，紧紧地握着它，用我能使出的最大的力气。

-13-

⭐

后面的事情就变得更加悲惨了，所以我要快快地略过。

后面，你都没看，你看的是别的地方……

开始时是暑假，把我们拉开了一点距离（我们两个月里见过三次面，其中一次是不期而遇，而且特别不自在，因为他母亲就在旁边），然后他上了高中，我们彻底天各一方了。

他离我远了，而我呢……我，那个时候，我留级了，我乳房发育了，我开始抽烟。

为了弄到烟钱，我开始乱来，为了让我发育的乳房派上一些用场，我开始鬼混。

是的……鬼混……有一个男孩子从那里经过，他有辆摩托车，他可以时不时地把我从"羊肚菌"接走，他在一家修车行上班，虽然他不算多么友好，但也不是那种恶人。他长得不是很帅，一个像我这样的女孩子能让他舒舒服服地睡一夜，正是他求之不得的。他还住在他父母家，那是在花园最里头的一间活动房屋里，这也太好了，因为一进活动房屋我就感觉像进了自己家一样，于是我拿起背包，往里面塞了一些衣服，就搬进去住了。

我把屋子清扫了一遍，在里面坐了下来，我像他一样，在花园最里头鬼鬼祟祟地住了下来。

他父母的花园……

他那对不愿意跟我说话的父母，因为我是最差劲的结婚人选……

他呢，他有权在家里吃饭，可我呢，我没有。我嘛，他用一只饭盒盛点东西拿给我吃。

他有些难为情，可他是这么说的：这只是暂时的，好吗？

你在哪里呀，小星星？

啊……我得快点把我过去的这些时刻讲完，因为它们让我触景生情，联想到我此刻的处境……

因为，你知道……我把故事不断地展开啊，展开，可是在等你的时候，我真的好冷……

我真的好冷，我真的好渴，我真的好饿，我真的很难受。

我的胳膊痛，我为我的朋友感到难过。

我为我的弗朗基难过，他把身体都摔断了……

我还好想哭。

所以我哭了。

喂，这只是暂时的，好吗？

我突然想起来了，小星星，杜蒙先生，他不只是告诉我我来自法国的下等阶层，他还让我在什么地方记下，说你已经死了……

说你已经死了几十亿年了，说我此刻正在看的不是你，而是你的残片。是你的幽灵的残片，类似全息照片，一种幻觉。

是真的吗？

那我俩真成孤家寡人了，对吗？

那我俩真要完蛋了吗？

我还在哭。

我呀，当我死了，我身后一丁点存在的痕迹都不会留下。我呀，我闪光的一面，除了弗兰克，谁也没见过，要是他先死，就全完了，我也会死。

我寻找他的手，紧紧地握着它，用我能使出的最大的力气。

要是他死了，我会随他而去。我永远也不会撒手，永远。他还得再救我一次……他经常那么做，就好比直升机上的起吊设备……没有他，我是不想留在这里的。我不想，是因为我不能。

下等阶层，我假装不是那个阶层的，但是我从来就没有从那里走出来过，确确实实，尽管我努力过，我不遗余力地努力过，毕生都在为此努力。但就像刺坏了的文身一样，除非你把手臂给剁了，不然的话，你都得拖着它直到被蛆啃掉。

不管我乐不乐意，我都是在"羊肚菌"出生的，我也会死在那里。要是弗兰克把我抛下了，我就会像我的继母以及其他人一样：我会酗酒。我会在我的地板上滴出一个洞来，我会把那个洞越滴越大，直到我身上的人性一点都不剩。再也没有任何东西会让我欢笑，让我痛哭，让我感受到痛苦。再也没有任何东西会让我冒险最后一次抬起头，以免又要吃上一记耳光。

我让弗兰克相信我已经按了"重启"键，但那都是些糊弄人的鬼话。我啥事也没做，我只是信任他。因为这个人是他，因为他在这里。可是假如没有他，类似这样的东拉西扯我可能一分钟都坚持不了。我不能按"重启"，我不能。我的童年是一剂毒药，已经渗进了我的血液，只有当我死了，我才不会再受苦。我的童年便是我，由于我的童年一文不值，我，站在它后面，我再怎么费尽心机与之对抗都是枉然，我永远都没有那个能力。

　　我又冷又饿又渴，我一直在哭。即使是在梦中都不存在的我俩的小星星，我才不在乎你呢。我不想再看到你了，永远都不想。

　　我朝弗兰克转过身，像条狗一样，像白牙[1]找到它的主人的时候一样，我把鼻子塞到他的胳膊下面，一动不动。

　　我永远也不想再回到一个活动板房里去生活了，我永远也不想再吃别人的残羹剩菜了。我永远也不想继续说服自己我是个与众不同的人了。老是撒谎太累人了。太累人了……我，我母亲，我还不到一岁的时候她就走了，她走，是因为我老爱哭哭啼啼，她烦她的宝宝了。那么，她是有道理的，因为这么多年过去了，我没有丝毫的进步：我依然是那个喜欢哭哭啼啼的小丫头，整夜整夜地哭……

　　我原谅她把我遗弃。我能理解，她那时还是个未成年人，对她而言，要跟我父亲在"羊肚菌"生活一辈子，那是无法想象的事情，可是……可是有一样东西让我没把她彻底忘记：我常常问自己，她有时候是不是也会想起我呢……

---

[1]　杰克·伦敦同名小说中的一条狼狗的名字。

仅此而已。

我把他的手放开了，好换个姿势，因为就算我这一刻不想活了，我也不愿意下一刻胳膊发痛。正当我准备重新躺好时，他捏了一下我的手……

"弗兰克？是你吗？你醒了吗？你睡着了？你是昏过去了还是怎么了？你听见我说话了吗？"

我把耳朵贴近他的嘴巴，怕万一他由于太虚弱不能吐字清晰地回答我的问题，同时也受了电影里常出现的那种镜头的启发，那种快要断气的老爷爷用尽最后一丝气力喃喃地说出他藏宝的地方，诸如此类。

可是没有……他的嘴唇一动不动……倒是他的那只手，那只手一直抓着我的……不是很用力。勉强，勉强抓着。但对他来说，一定使出了惊人的力气……

他的手太虚弱了，什么也抓不住，但他那麻木的手指压着我。他的手指，用最后的一点爆发力，告诉我：你没看见你的宝藏就在那里吗？大傻瓜！别再哭了，拜托！你知道你一直在啰唆你那悲惨的童年，听得我的脑袋都要爆炸了吗？你想听我讲我的童年吗？就讲一点？你想让我跟你讲和一个服用抗抑郁剂的母亲及一个服用抗全世界剂的父亲一起长大对我产生的影响吗？你想要我跟你讲在长期的怨恨中生活是怎么回事吗？你想让我跟你讲作为让－贝尔纳·穆雷的儿子，八岁的时候你就明白你永远只喜欢男孩子，是什么感受吗？你想吗？

那种杀人不见血，你想让我跟你再复述一遍吗？那种杀戮？那种家庭恐怖？那么，请你暂停两分钟，暂停。我们就别去扯你那颗破星星了……没有好星星的。没有天，没有上帝，在这该死的星球上除了我们没有别的人，我已经跟你讲过千百次了：除了我们，我们，我们，还是我们。所以，别老去你那些倒霉的回忆或者你那女人见识的宇宙起源说中刨掘了。我讨厌你这个样子，我讨厌你在那种逆来顺受之中难以自拔的样子。诅咒别人的缺陷，每个人都能做到，你知道吗？我讨厌知道你跟所有的人一个样子……不是你……不是她……不是我的那个比莉……世界只是一条深不见底的下水道，最丑陋不堪的亲人在那里爬行，在堆积如山的烂泥上面扭动着身躯，但是我们有一样东西是崇高神圣的，是他们所没有的，是他们从我们这里永远也拿不走的，那便是勇气。勇气，比莉……不跟他们同流合污的勇气……战胜他们并且永远忘记他们的勇气。所以，马上停止哭泣，否则我就把你丢在这里，我就立即跟着我那两个装备超级齐全的担架员走了。

哎呀呀……他看上去好像真的生气了，嗯？哎呀呀，佩蒂冈，当你的手指有生气的时候，你的脾气也太坏了……哎呀呀……而且……呃……宇宙起源说是啥东西啊？是诅咒还是一种花呢？哎呀呀……我还是闭嘴吧，我……

*

好吧，小星星……你离我近一点，因为我不想让弗兰克听见……所以……呃……概括一下：那么……嘘……那么，你在这里，但再也不是你，你不存在，但假装你还是存在的，可以吗？如果弗兰克不相信你，那是他的问题，可我，我习惯了有你陪伴，所以我继续偷偷跟你讲我的故事，同意吗？

同意。它闪了一下。

*

我先前讲到哪儿了？啊，对了……讲到杰森·吉博的那个破破烂烂的活动板房……啊，我的上帝……那房子里面都是些什么臭味啊！脚臭、臭烟味、旧靠垫的霉味混合在一起，什么味道都有。啊！那时候，我都不知道用了多少瓶"伍斯特"牌除臭剂！

我待在那里，我逃课，我坐在靠小棚屋那边的踏脚板上不让他的父母看见，我抽烟。

　　当我的精神状态下降到零度的时候，我总会对自己说，我的人生完蛋了，我最好打开电视机，再打开丁烷气罐，一劳永逸地吸个够，一边吸一边看《不安分的青春》[1]。而当有一线光芒出现时，我就会对自己说，我就像卡蜜儿……我只是被囚禁在某个修道院里等着自己长大成人，不管是以这种方式还是那种方式，事情有朝一日必然会出现一个转折点……我不太清楚那会是什么样的转折，但是，一线光芒就是这样，它能让你闭上眼睛，相信一些事情……

　　既有杰森，也有其他人，显而易见。当他的父母终于忍无可忍的时候，我会重新拿起我那个装衣服的包，跑去吓唬别的老鬼们。

　　很久之后的某一天，大概也是在那个时期吧，我在城里与弗兰克擦肩而过。我知道他看见我了，但是他假装在看别的地方，所以我真的特别感激他。

　　因为那一天那个在集市闲逛的超级俗气的女孩，那不是我。身上穿得像荡妇，脚上穿着细细的高跟鞋，脸上的妆化得就像偷来的汽车。不，那不是那个他想"尊重她的意愿"的比莉，而是……就像个娼妓……

---

[1] 1973 年起在美国哥伦比亚广播公司播放的一部电视连续剧。

是的，小星星，我必须把那些事情照实说出来……在最下等的等候室度过的那些年，让我想到的不是佩蒂冈的卡蜜儿，而更像是被她母亲带在身边的比莉·哈乐黛……

我当然是在做鸡，当然……我很清楚……可是那又有什么关系呢？我发现，利用自己的身体，我可以获得一定程度的安稳，可以有吃的，甚至……甚至……找得好的话，还能获得一丁点疼爱。所以……我要是不加以利用，岂不是很蠢？所有那些可以让我远离"羊肚菌"生活的男孩子，我都不喜欢，而那些品质恶劣的，我也不会交往……再说了……去富人那里做鸡跟去穷人那里做鸡，果真有那么大的区别吗？大概也只是在衣服的数量上有差别……我的衣服一个欧尚超市包就可以装下，但其他那些，她们的衣服挂在漂亮的橱柜里面，好吧……各人有各人的能耐和利益，不是吗？我呢，我做力所能及的事，在等待可以做别的事的机会的同时，我利用我的身体。

年纪得满十八岁，这事一直困扰着我。并非因为一到十八岁我就可以去考驾照，然后开着宝马 Mini 到处兜风（哈哈），或者去娱乐厅嗨翻（哈哈哈），而是因为我知道满了十八岁就可以轻松自如地去商店里偷东西。没满十八岁的话，要是被逮着了，他们一定会打电话叫我父亲去领人，那样可不行。那样，就得马上回那个地狱一样的破家了。于是，我只偷一些小东西，那让我比别人花了更长的时间去赢得尊重。

就这样啦。我的生活，它就是这个样子，我未来的宏伟计划，它就是这个样子……

所以没错，弗兰克假装没看见我，那是他的一种风度……后来，我好几次跟他提到那一天，那个让我在同一秒钟既感到丢脸又觉得宽慰的特别奇妙的瞬间。但他总跟我发誓说他真的没看见我。可我呢，我知道情况恰恰相反，我知道，是因为克罗蒂娜……

再后来的一天早上，我在一家咖啡店里与克罗蒂娜不期而遇。我去那里买烟，她买印花税票。当然啦，她朝我微微一笑。但我从她的眼神中看得出来她很失望，对排练演出之后我走的这条路感到失望。

是的，我看出来了。一闪而过而且很快就掩饰掉了。但我，由于我从童年起就懂得自我防卫，我的侦测能力非常强大，那些观察我的人眼神中最细微的隐秘想法我都能侦测出来。非常非常厉害……她和我拥抱了一下，就好像什么事也没发生过，她笑着对我说，她是不会答应帮我买毒品的，但是很乐意送我一支"珍宝珠"棒棒糖和一张刮刮卡，假如我想要的话。我只好选了它们，而这时……这时，她一定注意到了，在我用偷来的睫毛膏涂过的那浓厚得要命的睫毛下面，我的眼泪已经在打转转了，因为已经很久没有人送过我礼物了……是的。她看见了，但她没有跟我说这样的话：啊，我亲爱的孩子……啊，生活对你也太无情了……啊，你把妆化成这样都让人看不出来了，这妆一点也不适合你，让你显得那么老气。她没这么说，而是说了一句意思一样但听起来更暖心的话……

是的，我们在街上分手的时候，她突然想起一件事，像这样随口说道：

"差点忘了，我的小比莉……哪天你得去一趟我家里，因为我有一封信要给你……甚至可能有两封，我觉得……"

"一封信？"我问道，"谁给我写的信啊？"

她已经走远了，突然她半喊着回了一句：

"是你的佩——蒂——冈！"

我在哭。

这种情况下，我可以哭，不是吗？

是的。

这种情况下，我可以。

因为这是幸福的泪水，夫人……

-14-

⭐

我过了好几天才去看她。

我不知道我当时找了什么借口，但唯一合理的理由是，我害怕。我害怕独自一人前往她家，我害怕突然回到那里，我尤其害怕弗兰克会对我说的话。他会不会问我，那天他在卖鸡的贩子前面见到的那个荡妇是不是我？他会不会问我，我要嗍多少臭男人才买得起一件漂亮的皮夹克，像身上的这一件？他会不会跟我说他很失望，他永远也不想再见到我，因为我给他丢脸？

是的，我害怕，我至少等了五天才敢去敲她家的门……

我像从前的那个比莉一样去她家，也就是说是走路去的，穿着牛仔裤，没有化妆。当然，对她而言，那肯定只是一个普通的细节；但对我来说，却不是。对我而言，就仿佛幸福地回到了珍贵的童年时光。

我甚至都想不起我的脸蛋在没涂抹那些脏东西的时候是什么样

子，抹上一层石膏一样的东西可以把自己隐藏在后面。是的，我害怕去克罗蒂娜家，但是，当我那天给自己扎了一个马尾辫时，我在镜子里朝自己微微笑了一下。并不是因为我觉得自己漂亮，而是因为我看上去就像一个小姑娘……噢……这意外的一丝微笑让我感觉真好。

让我感觉多好啊……

*

信封上写的确实是我的名字……克罗蒂娜夫人转交给比莉小姐收，诸如此类。

比莉小姐……

给我的感觉怪怪的……这辈子还是第一次收到一封信……甚至不止一封！平生第一次……一个真正的信封，还贴了张真正的邮票，还有真正手写的字。

当然，我没在她那里停留。我不想当着她的面拆开信，我甚至觉得自己压根儿就不会拆开。这些信，我也想把它们直接放进橱窗里，永远原封不动地保存起来。

我把它们塞进口袋里，走到了街上。

我在街上走着，不知道要去哪里。反正，我的脑子不知道，但两条腿却是明白的。它们比我聪明多了，拐了一个又一个弯后，它们最终把我带到了我和卡蜜儿一起待过的那个地下墓室……

我推开那扇旧门，钻了进去，我像从前一样在祭台下面席地而坐。

忘却，宁静，沉寂，苔藓勾绘出的图案，鸟鸣，吹动生锈的铁链的风，所有这些，也让我感觉特别好……让我想起那个小比莉，那个时候她还没有随随便便和别人上床，还想做一个比她本人更高贵的女孩子……让我想起我生命中的一段时光。那个时候，我轻轻松松就把一些情感背下来牢记在心里，那些美好的情感让我相信自己将来很有潜力。

假如附近有精神病科医生，那他一定会给我来个长篇大论，分析我何以会像缩在妈妈的肚子里一样蜷缩在那里或者诸如此类的胡说八道，但是那里没有医生。只有弗兰克的信，这些信的疗效甚至要好得多……

我感觉很好。我忘了自己，甚至还眯了一会儿。

过了一会儿，我才终于按照来信时间的先后顺序把它们拆了。第一封信写在一张普通的大格子作业纸上，信是这么写的：

嘿，比莉。我希望你挺好的，我呢，我挺好。你知道，我星期天已经没有太多的时间去看我外婆了，我猜她会念叨这件事，所以我决定给你写信，每星期像这样把信寄到她那里，你嘛，你帮我去看望她。谢谢帮我这个忙。我希望不会太打扰你。亲你。F.

　　第二封信里装的是一张他那个城市的难看的明信片，上面印有教堂、城堡之类的东西：

　　嘿，比莉。我希望你挺好的，我还行。告诉克罗蒂娜，我收到了她寄的包裹。亲你。F.

　　我把它们重新装回信封，我心里充满感激，好想哭。因为，我不否认，我很蠢，从我出生时起，所有的人都让我知道我很蠢，可是，此时此刻，我看得非常清楚这聪明的把戏后面隐藏着什么。弗兰克看见我穿戴得像鸡婆，于是产生了怜惜之情，于是，他和他外婆合计了一下，好让我不至于彻底地迷失自己。

　　是的，所有这些，只是为了逼着我每星期卸掉一次伪装，到一个很喜欢我的小家里喝一杯石榴汁或者"原橙"牌橙汁……

　　有时候我会一连好几个星期不去他外婆家，但他呢，他从来没有爽约。每个星期三，差不多三年时间里，假期除外，我都会收到那种难看的、背面写着"我希望你挺好的，我嘛，我很好"的明信片，每一次，我都会借这个机会，与一个来自人的、不是审判性质的目光交会。我从来都不在她那里待太久，因为那个时候我都是处在战斗模式，不能冒那种温情之险，但正是像那样戴着我的真实面目，匆匆忙忙地到她家里打一转，才让我得以一直坚持到了我人生的下一站。

*

我现在依然记得，有一天，当我走到她家门口按门铃时，恰好听见她在电话里跟我不知道的什么人说话（她厨房的窗户是开着的）："等一下，我不跟你说了，比莉来了。是的，是的，你知道她的，那个可怜的小姑娘，那天我跟你说到过的……"这句话像匕首一样扎进了我的心里，我掉头一路小跑着走了。

她为什么要那样说我？我十六岁了，我已经跟人上过床了，我自己解决自己的生计，从来没向任何人讨要过什么。我觉得那么说我不公平，我觉得那很恶心，我觉得那让人丢脸。随后，我听见她远远地喊我："比——莉——！"见鬼去吧，我心想，我假装没听见，见鬼去吧。我继续往前走了一两步，然后我内心深处有什么东西撕扯着我，于是我返回去了。

　　是的，不管我乐不乐意，我就是一个可怜的小姑娘，我没有能力让自己过上奢华的生活，然后让自己相信自己并不像她所说的那样……

　　我回到了她家，她亲了我一下，我和她一起喝了一杯牛奶咖啡，我拿了我的信，然后我也亲了她一下。

　　离开的时候，我总是那么虚弱，但我真的感觉自己已经长大了。

　　带着长大丢给我的所有的负担。

-15-

☆

　　那个时候，我并不只是看看电视、辍辍学或者给那些最不在乎我出身的男孩子做做仆人，我还接下了很多杂活。我看护孩子、看护老人、做清洁工，我还挖过石头和土豆。

　　问题还是出在我的年龄上。那些人很想剥削我，但是他们不能雇用我。就像他们说的，那是违法的。那当然啦，还用说吗……帮他们的爷爷擦屁股、帮他们刷厕所，可以，没问题，但是要让他们付我一份实际工资，他们就有法律约束了……

　　我根本就见不到弗兰克。我知道有些星期天或者假期他会回来，但他都是宅在家里。只是到了很久之后我才明白，他那些年可能也非常需要我，我现在依然恨自己当时没有勇气，或者只是没有那个想法，没去敲他家的门，帮他把他脑子里的那些病态的想法清除掉。可是，说实在的，我自己那个时候太脱离常规，所以一秒钟也不会想到我可以……我不知道……不会想到我可以合理合法地帮助某个人。

就像别人说"那是我的青春岁月……"一样，那是我个人生死存亡的时期。很抱歉，我的弗朗基。很抱歉，我无法想象你也跟我一样过得如此艰难……

我以为你舒舒服服地待在你的小卧室里，读书、听音乐，或者做练习。我还不知道，普通人也一样，也可能有自己的难题……

*

然后有一天，事情出现了转机。

有一天，我父亲终于对我好了一点——当然他并非有意为之：他一命呜呼了。

他去不知道哪一条高铁线路上偷电缆的时候触电身亡了。

他死了，一天早上，市长过来找我，那一次我正在和一大帮名副其实的罗姆人一起捡土豆。

尽管当时我的双手很邋遢，但他还是向我伸出了手……这时……这时，我明白风也许正在转向……是的，当他跟我说再见的时候，我是带着微笑回到我的那些大大小小的木桶边的。

小星星，小星星，你开始烦我们了，不是吗？

抬起头，弗兰克和比莉！抬起头！

他握了一下我的手，要我下一星期去见他。一到他的办公室，他就告诉我：一、我的后妈和我老爹一直没结婚；二、我继承的"羊肚菌"的那个小地块比较值钱。为什么？因为那里地势高，很多人感兴趣，他们想在那里安装手机中继站或者什么电视发射塔。

哇呜……多少年来他给我们寄了那么多信，就为了这个啰？那些信我父亲看都懒得看。

哇呜，我是那个破猪圈的唯一的继承人，市长建议我把它卖给市政府，是吗？

哇呜……

在走程序的那段时间，我满了自己梦寐以求的十八岁，我的继母和她的那帮小耗子重新搬回了廉租房。我拿到了我那张 11,452 欧元的支票，我听了那个公证员的话，他跟我说我应该把那笔钱存起来吃利息。然后我用自己的名字在邮局开了个账户。

当然，那段时间，我的继母对我都是和颜悦色，对我软磨硬泡，要我分点钱给她……至少分一半，否则的话，我就真的是个无情无义的婊子了。因为她为我所做的一切，因为她把我当作自己的亲生闺女一样养大，尽管我是那个干脏活女仆的女儿。

我小时候已经受尽了她的侮辱，她把什么屎盆子都往我头上扣，我以为自己已经习惯了。但是即便如此，即便在那种情况下，"干脏活女仆"这几个字仍然深深刺痛了我……为什么，嗯？即使你有点钱了，你也一样永远没有你以为的那么坚强……我听着她在那里大倒苦水，也许我应该可怜她，也许……可是我，我的整个童年，我都在听她抱怨我是她的拖累，一遍又一遍地数落我说我毁了她的生活，说她做梦都想要一张按摩椅。于是，我花钱给她买了一张该死的按摩椅，我让人把它送到她的老鼠窝里，然后永远地逃出了她的视线。

那个时候，所有人都对我和颜悦色，所有人。因为我继承遗产的事在村子里尽人皆知……有传闻说我捡到了一笔巨款，有好几百万，诸如此类。我呢，我随他们说去。

当然啦，如今，那些人在街上都向我问好，但我继续像以前一样工作，获得光荣合法工作的年龄终于到了，我当上了英特尔超市的收银员。

那个时候我跟一个名叫马努的男孩子住在一起，他毫无疑问对我的态度比以往更加亲切了。最后，他甚至成功地从他的"比比"[1]那里弄到了一笔帮他修车的钱，还让那个"比比"相信自己很爱他。总之，一切都很顺利。我们没有谈婚论嫁也真是奇迹。

---

[1] 比莉的昵称。

我想到了卡蜜儿的那些小伙伴，她们因为没有嫁妆而在修道院里悲泣，我在想这个世界怎么什么东西都用金钱来衡量……

是的，我很想装出一副幸福的样子，但是你一定要我相信自己很幸福，那也是因为我有了点余钱……

有 11,452 欧元。

好吧，既然给了我，我就照单全收：我有了工作，有了一笔存款，有一个不对我施暴的男朋友，我们一起打理的小房间里还装了电暖气。就幸福而言，我知道我只能做到这份儿上了。

那么，一切都差不多各就各位了，可你，小星星，你觉得自己帮不上忙。于是，一个冬天的星期六晚上，前面说到的那个马努，他打完猎从咖啡馆回来（不如说先去咖啡馆，再打猎，再从咖啡馆回来），喝得醉醺醺的，他不停地傻笑，因为他有一件很好玩的事情要跟我分享："嗬，那个小基佬……你知道我讲的人是谁，是邻村的那个小基佬……那个从不跟别人问好、穿得像个妖精的家伙……是的，那么，他们把他逮着了，你知道……是的，他一个人在夏梅特散步时他们把他逮住了，他们试图刺激他惹他生气，那个笨蛋，可是由于他一声不吭，故作清高，所以，他们就把他带走了，你知道……他妈的，嗬，在米米西的那辆雪铁龙 C15 型厢式小货车里，你知道他们对他做了什么吗？他们用发情的母野猪的尿液浇他……是的……你知道……那种东西……用来做诱饵的……我们把它浇在树干上引诱发情的公猪……是的，嗬……倒了整整一瓶……哇！哇！嗬……他全身湿透……然后他们把他丢在森林的中央……像这样，嗬，这样的话，那个臭基佬，他的菊花肯定会被搞爆的！他都盼了好久了，做梦都想！哇！哇！啊，婊子，啊，他们一个个肚子都笑痛了……啊，那蠢货……啊，那个基佬……啊，他会度过一个美好的夜晚的，浑蛋，明天早晨他会跑来感谢他们的……嗬，可是，要那样的话，他得走得动才行，嗯？哇！哇！"

我还记得，我当时正在熨衣服，天色已经很黑了。他妈的，电击！眨眼之间，的确就像无敌浩克[1]一样，我原形毕露。

在这件事情上，我把我那个规规矩矩的、乖乖女的美丽外壳撕掉了，眨眼间我重新变回了"羊肚菌"那个小黑鬼疯子。

在这件事情上，我感激我的父亲和所有那些浑蛋教会我给各式各样的武器装弹药，逼着我朝所有那些在他们的破车骨架里乱翻的、可怜的小动物开枪，因为看见我哭叫他们会捧腹大笑。

在这件事情上，是的。

在这件事情上，谢谢。

在这件事情上，我终于拿到了我那份真正的遗产。

---

[1] 2008 年美国环球电影公司发行的一部同名电影中的主人公。

在这件事情上，那个马努，他没有完全明白。

我一句话也没说。我拔掉电熨斗插头，我收好烫衣板，我把它放到地下室，我回到我们的卧室，我把一些衣服放进他的运动包，我拿了我的证件，穿上夹克衫，抓住我的手提包，然后，用他那杆漂亮的猎枪瞄准那扇门，我等他把啤酒尿完后从厕所里出来。

那个傻瓜，他看上去好像不相信我，所以我朝门上开了一枪，肯定也顺带把他的耳朵弄掉了一块。然后，可想而知，他相信我了。

他一只手捂住耳朵，把我带到他们丢下他所说的那个小基佬的地方。"要是你不给我把他找出来，我就毙了你，"我用他认不出的声音警告他，"他要是有个什么好歹，我就砸了你的风挡玻璃。"

我们拼命地摁喇叭，打开前大灯，终于发现他正沿着一条马道往前走。

看到那杆猎枪、我的目光、另外那个半聋的坐在方向盘后面完全被吓蒙了的蠢货，弗兰克，他呀，他立即就什么都明白了。他跟我一起钻进后车厢，我们那位乐于助人的好心司机把我们一直送到了他父母家。

"像我一样，"我对他说道，"拿上一包衣服。赶快！"

他不在的那十几分钟时间里，另外那个蠢货不停地一遍遍地问我：

"那你认识他？那你认识他？那你认识他？"

是的，**蠢货**，我认识他。

现在，闭上你丫的臭嘴。这就是我想要的，在这里，都尊重我的意愿。

然后我们那位和蔼可亲的、好心的司机把我们一直送到弗兰克读高中的那座大城市（我特意不说出名字，可你，小星星，你当然知道是在哪里），然后把车停在警察局前面。我让弗兰克进去叫一名带武器的警察，当他俩从里面走出来时，我把我买的那份礼物还给了我以前的未婚夫。

啊，太好了，警察先生……因为礼物送出去了再拿回来，就是盗窃行为了……

那名警察一头雾水。反正，就在他看着马努的车开走时，我和弗兰克，我们已经逃到了马路的另一边。他装腔作势地嚷嚷了几句，然后回他的鸡窝了。

必须说，那天晚上冷得够呛……

我们进了火车站附近一家破旅馆，我要了一间带浴缸的房间。弗兰克全身发青，冷得发青，因为我发青，因为所有的一切。是的，我相信那个时候他很害怕我。那是肯定的，在"羊肚菌"憋了二十年的东西突然间爆发时，那样子一定不是很好看……

我给他放了一缸滚烫的热水，我就像给一个小男孩脱衣服一样把他的衣服脱光，是的，我看见了他的小弟弟，啊，没有啦，我没有看它，我把他泡进浴缸里。

他出来时，我正在看电视上播放的一部电影。他穿了一条干净的三角裤和一件干净的 T 恤，钻到床上，躺在我旁边。

我们什么话都没说，我们看了电影的结尾，我们把灯熄了，在黑暗中，我们等着对方开口说话。

我嘛，我什么也不能说，因为我在默默地哭，于是他贴到我这边来了。他非常轻柔地抚着我的头发，过了很长一段时间，他才喃喃道：

"都结束了，我的比莉……都结束了……我永远也不会再回那旦了……嘘……都结束了，我跟你说……"

可我依然在哭。

于是他把我揽进怀里。

于是我哭得更来劲了。

于是他笑了。

于是我也笑了。

我的鼻涕弄得我俩身上到处都是。

-16-

☆

我哭了足足有好几个小时。

就好像有人把我身上的一个塞子拿掉了，或者像是一种排泄，或者像是一种清空。从我来到这个世界上时起，我这还是第一次没有设防。

还是第一次……

平生第一次，我感觉到，一切总算好了起来，我总算安全了。然后所有的一切一下子像决堤的洪水，所有的一切……遭人遗弃，饥饿，寒冷，肮脏，虱子，我身上的气味，烟蒂，污垢，空酒瓶，号叫，耳光，疤痕，无处不在的丑陋，很差的成绩，谎言，暴力，恐惧，偷盗，禁止我在他们家拉屎的杰森·吉博的父母亲，吃他们吃剩的饭菜，曾几何时被我当成硬通货畅行无阻的我的屁眼、乳房和嘴巴，所有那些对我的悲惨身世大肆利用、肆意践踏的臭男人，所有那些该死的苦活，还有那个让我相信他确实有些爱我、我会有自己的家的马努……

所有那一切，我都用眼泪流了出来。

我越往外面倒，弗兰克好像往我里面注得越满。我不能恰如其分地做出解释，但是他给我的就是这种印象。我越哭，他越放松。他的脸变得越来越憨厚了，他把我的一缕头发放到我的耳朵里捻来捻去，他亲切地说着一些戏谑的话，他叫我野姑娘杰恩[1]，或者疯丫头卡蜜儿，或者淘气包比莉，他的脸上一直挂着微笑。

他跟我说我那张让人认不出来的面孔，他跟我说在那个可怜家伙开车的时候我用那把猎枪的枪筒把那家伙的脖子弄出了一道道血痕，他跟我描述那家伙的那个耷拉着的、撕碎的耳垂，他模仿我命令他去叫警察时的声音，还有我在马努的面前晃着那把猎枪对他说"你的礼物"时的样子，时不时地他差不多要哈哈大笑起来了。是的，他差不多要哈哈大笑起来了。

我只是在过后，在说了许许多多知心话之后，当他也开始跟我讲一些他单枪匹马在我面前在我们面前战斗的事情的时候，我才明

---

[1] 1953 年美国华纳兄弟公司发行的同名电影中的主人公。

白，那天晚上，见我哭得那么伤心时他是那么开心，是因为我在他怀里不停地哭都要哭到手足抽搐的时候，他，他找到了第一个不再想死的正当理由。

我哭出来的眼泪，是他坚持走下去的碳氢燃料，而他那些戏谑的话，就是为了让我放心。为了向我证明，我们可以一起嘲笑，证明从现在开始我们就会嘲笑一切。因为你看，比莉……你看……我们的人生，尽管烂透了，但我们最终还是聚到了这张同样也烂透了的床上……嘿……别哭了，亲爱的……别哭了……多亏了你，我们刚刚走出了最艰难的那一段旅程。多亏了你，我们得救了。啊，不，你还是哭吧，哭……你哭吧……对你的睡眠有好处……你哭吧，但是永远也不要忘记这个：我们前面当然还有许多磨难在等着我们，那是毫无疑问的，但是将来当我们走到坟墓边上的时候，我们可以回过头来，对自己说：那个活过的人是我，而不是一个被恐惧和一些无知的笨蛋在我身上引起的这种恐惧感，被这种恐惧感制造出来的披着伪装的行尸走肉……

实际上，他只是在跟我说一些"嘘嘘"，但那些"嘘嘘"说的就是这个意思。

倘若我们一起排演我们的节目时没有弗兰克的善良，倘若没有他眼睛跳过我的靠枕看着别处跟我讲述的比莉·哈乐黛的童年故事，倘若在我像是被关进修道院里的那些年里没有他让克罗蒂娜转交给我的那些小明信片，那我永远也不会反应得像个疯子。没有我的疯狂，他可能也活不下去。

就是这么回事，小星星……那现在，我要问你：再继续讲下去还有意义吗？这最后一句话难道不足以让我们跳过去吗？

不行？

为什么不行？

你还想让我跟你讲是什么使我让我们陷入了这种无法摆脱的困境，然后你再好好掂量做出决断吗？

好吧，好吧。我继续往下讲……

当我疲惫不堪，再也没有力气哭的时候，我睡着了，就在我入睡的时候，我要他允诺永远也不要再抛弃我。因为没有他在身边，我做了太多的蠢事……太多、太多的蠢事……

为了掩饰他的紧张，他又笑了一声，有些奇怪，然后傻笑着补充说道：

"啊，这事啊！你想要什么我都答应你！我珍惜我的生命，我！"然后，他非常小声，在肘弯里说道，"啊……比莉……我忘记了……"

*

　　喂，小星星……第二季还不错，不是吗？

　　要屁眼有屁眼，要情节有情节，要爱情有爱情，里面应有尽有呢！

　　后面，你等着瞧，就没那么浪漫了。

　　后面，是两个年轻人过日子，没有任何特别新奇之处。尤其是，我不能漫无边际地讲下去，因为就在那边，天空开始泛白了，就在那边，那一定是东方，我猜……

　　是的，我得赶紧在天亮之前把故事的结尾跟你讲完。

-17-

第二天一早，我们搭上了去巴黎的火车。

在车上，弗兰克跟我讲他的人生走到了哪一步：为了让父亲高兴，他报考了法律专业，跟他的一个表哥一起在郊区合租了一个小套间，因为那里的租金没那么贵。

他不喜欢学法律，也不喜欢他的表哥，更不喜欢住在郊区。

我问他想做什么。

他回答说，他的梦想是报名去实习，然后可以有机会参加考试，进入一所顶级的珠宝首饰学校。

你想做珠宝商？我问他。你想卖项链、手表以及其他类似的东西？

不。不是卖，而是设计。

他打开他的电脑，向我展示他的设计图。

超级漂亮，就好像掀开了一个布满尘土的旧首饰箱盖子。

就好像一座宝藏……

我问他为什么不做自己喜欢的事，而是他父亲让他做什么他就去做什么。

他回答说他这辈子从没做过自己喜欢的事情，总是他父亲让他做什么他就做什么。

我问他为什么。

他表现得就像一个急着要把窗户关上的人。

过了一会儿，他回答说是因为他害怕。

害怕什么？

他不知道。

害怕再一次让他父亲失望。

并把这种失望转嫁到他母亲身上。

害怕把他母亲掩埋到更深的地方。

我一句话也没有说。

一触及父母亲的领域，我就爱莫能助了。

于是，他收起他的梦想，我们在沉默中继续我们的旅程。

当我们抵达巴黎的时候，他建议我把包放到寄存处寄存，在去他家之前先游览一下。那也不是他家啦……是他表哥家……

我们走的多多少少是四年前我们班那次出游的同一条路线。

四年了……

我，四年之中，我都做了些什么呢？

一事无成。

除了嗍男人和捡土豆……

我难过得无以复加。

一点也不像上一次那样。这次是在冬天，天气很冷，塞纳河不再波光粼粼，那座栈桥冷冷清清的，那些同心锁全被砍下来丢进垃圾桶了。人们再也不在花园里野餐，并把脸迎向太阳，他们再也不在露天咖啡座里叽里呱啦地聊天、喝着毕雷矿泉水，他们的步伐依然像那个时候一样快，但他们的脸上不再挂着笑容，他们个个都拉长着脸。

我们喝了一杯咖啡（小杯的），要了我们 3.2 欧元。

3.2 欧元呀……

可这怎么可能呢？

我也一样，我也害怕了。

我心里想着马努是不是必须去看急诊，洗衣机里的床单发出霉味之前他晓得把它们拿出来晾晒吗？我几乎要用目光搜寻电话亭并去那里打电话给他留言了。

真可怕。

*

弗兰克的表哥长着一个大鼻子，穿着一件鳄鱼牌衬衫，风度翩翩的，俨然来自一个姓氏由好几个部分组成的高贵的家庭，他对我的态度跟杰森·吉博的父母亲毫无二致。

实际上，他们不一样。因为他接受过的教育，教会他把礼貌和虚伪混为一谈，所以实际上他的言行举止比他们还要恶劣：他在背后说我的不是。

当着我的面，他说："啊，弗兰克的女友，啊，真高兴见到你，啊，欢迎来家里做客，"可是一到晚上，当我在浴室里，我听见他如临大敌就好像说到核弹已经瞄准了美国国家航天局一样，"你听着，弗兰克……合同里并不是这么写的。"

我已经准备马上走人。因为，是真的……一个以前还从未坐过火车、一心想着丢在洗衣机里的被单的小比莉，已经是个大包袱了……

从我出生时起，无论我走到哪里，我都会给别人添麻烦。无论我走到哪里，不管我做什么，不管我怎么努力，我总是挡别人的道，总是挨打受惩罚。

我没听见弗兰克的回答，可是当他走进了以后我们要一起分享的房间（他把他的那张小床留给了我，自己则睡在一块割绒地毯上，跟我说日本人都是这么睡的，他们的寿命要比我们的长得多）时，是的，当他走进来，看见我的眼神时，他在我身边坐了下来，他捧住我的头，直视着我的眼睛说道：

"嘿，比莉·琼？您相信我吗？"

我点头说是的，然后他补充说，那我应该继续，一切都会好起来的。他也一样，没说这只是暂时的，可是好吧，他也许可以……

于是，由于我相信他，由于我再也没有工作了，我重新做起了女仆。两个男生早上出发，我做家务，我负责洗衣服、床单，我为他们准备晚餐。

我喜欢烹饪，我发现你要俘虏男人的心的话，先要俘虏他的胃。我试着做了各种菜，只是每样菜都要尝一下味道，于是我胖了三公斤。

我做的这一切让那位大少爷放松了，他对我更热情了。不友好，只是热情，因为他们那些人肯定都习惯了像这样跟自己的仆人打交道。但我无所谓，我把自己变得小小的，尽可能地不给弗兰克添麻烦。而且，我觉得这也挺适合我的……从前我心里总防着别人……平生第一次，当我转身太快或者当我听见背后有脚步声时，我再也不害怕自己的影子了。

我很享受这种感觉。

下午，我沿着公交车站往前走，以免迷路，我到高速公路另一边的一家商业中心闲逛。我闲来无事，装成那种很难对付的中产阶层，口袋里揣着老公的借记卡，但迟迟下不了决心买还是不买，然后我把那些女售货员全都搞烦了，她们心里本来就烦。有一些售货员开始讨厌我，另外还有一些则跟我拉起了家常。

我从来都是什么也不买，可是，有一次，我去了那家发廊。

那个给我洗头的女孩问我要不要做一个更深度的护理，我开始说不要，但后来我点了点头。即使没人知道，但那天毕竟是我的生日……

然后，是圣诞节和新年，我也是一个人独自待着。我向弗兰克发誓说我跟实价超市的一个女收银员做了好朋友，你知道，那个金发女子老在发牢骚，因为她离婚了，她邀请我，是想要给她的孩子们找个伴。由于我讲得绘声绘色，甚至买了一些玩具，所以他相信我了，就放心地走了。

那是我给自己买的礼物。

反正，我也无所谓。

圣诞节的魔力？

那么……呃……怎么说来着？

*

唯一让我烦恼的东西，是啤酒。

由于老是一个人待着，我开始喝酒，我也开始喝酒了。

心烦、隔绝、迷惘，借口女仆的工作让我口渴、理当拿到报酬，我开始喝啤酒。

我去我们楼下那家土耳其人开的食品杂货店，买 33 毫升的易拉罐装。

然后买 50 毫升的。

然后买一箱。

像那些酒鬼。

像那些无家可归者。

像我的继母。

很可悲。

非常非常可悲……

因为我脑子很清醒……我明白我自己……

是的。我明白自己在做什么。

每次我拉开那个拉环，扑哧，我就明白，我身上的某一部分正在消逝……

我枉然地对自己说我们所有人都会对自己说的话：这只是啤酒，只是为了解渴，明天我就不喝那么多，明天我就不喝了，反正我什么时候想不喝就不喝了……诸如此类，我完完全全明白正在发生什么事。

完完全全明白。

因为我可是接受过良好的教育……

一口下去，我就承认，灾难就要发生……这种遗传性……我的脑袋，我的胳膊，我的大腿，我的心脏，我的神经，我整个像海绵一样的身体，他们早就遗传给了我……

酒精对一个无所事事、迷失在车流中的小村姑会造成什么样的后果呢？

会把她打回原形……

会让她不动用伙食费买酒的话就得再次回到商业中心的商店里去偷东西。

会让那些保安注意到她。

会迫使她再度去卖淫，那样的话他们才不再找她麻烦，才会放过她……

会让她臭名远扬。

会让她和超市里的那些穿着合成制服的牛仔一起厮混，那些人穿上制服就相信自己手里有一点小权力因此也更下作一些。

可以让她交上很多朋友。

各式各样的朋友……

一些对她更加热情的小伙子，比她每天晚上喂养的、老是把脑袋埋在故纸堆里的那两个小少爷更加热情的小伙子……

会让她忘记弗兰克的那副木头脑袋，那个不喜欢自己所学的专业，但为了服从一个他更加不喜欢的父亲而又不得不学，又开始自我封闭的木头。他还老揶揄她，因为她在餐桌上总是最不聪明的那个……

然后让她穿上更短的裙子。

比现在穿的要短得多。

而且更艳丽。

总之，会让她重新变成鸡……

一天下午，我出门去看我新交的那些朋友，我在楼梯上与弗兰克擦肩而过。

我一定记错了他的新课表……

我身上穿了一条齐屁股的短裙，脚上穿的是一双偷来的号码不一样的靴子（防盗系统的功劳），手上拎了个假 LV 包，我赶紧把包举起来，就像是横在我俩之间的一块挡箭牌。

我不知道自己为什么要这么做。他并没有说什么难听的话……恰恰相反。

"喂，小比莉！外边好冷哦，你知道吗？你不应该穿成这样子出去，你会冻死的！"

我跟他回了一句傻不拉几的话，好摆脱他那不合时宜的好心。但是，几个小时之后，当我和一个下了班的保安躲在一个废品储藏间站在那里背靠着那些厨房卷筒纸亲热时，弗兰克温柔的声音在我的耳边回荡，我只能默默地忍受。

那个家伙人很好，我们在一起很开心，但问题不在这里，问题是我不能回头走老路。

我不能。我太清楚那条路通向哪里……尤其是快走到尽头的时候。

在这种情况下，要是有个妈妈，那一定不赖……一个凶巴巴的虎妈对你怒目圆睁，或者一位和颜悦色的好妈妈帮你捡起那些卷筒纸和扫把，然后推搡着你朝出口走去。

这是我在回家的路上一直在思考的事情。我想，我得做我自己的妈妈，我这辈子至少要做一天，我得为自己做一些假如我是自己的女儿的话我会为她做的事情。即便女儿很讨嫌，即便她哭哭啼啼的，即便迈克尔在这个时候把我抛弃了。

来吧，我还是可以好好试一下的……

从前我做过的事情比这个可要艰辛得多……

我低着头往前走，我用我的高跟鞋的尖鞋跟在马路上弄出刺耳的声音，我一边轮流扮演起母亲和女儿的角色，一边独自生着闷气。

我焦躁不安，我情绪糟糕，我骨子里很俗气。

我不习惯权威，而且，仁义道德现在能替我做什么？在强迫我遭了那么多罪之后？所有那些我不得不偷偷地掩埋起来的小猫的碎尸，所有那些由于送漂亮东西给我继母会让我感到毁灭所以我不得不略过的母亲节礼物，所有那些多少年里都觉得我笨手笨脚、看我就像看白痴一样的老师，所有那些把我的善良与浅薄混为一谈的孬种……

所有那些伤心事……所有那些绵延不绝的伤心事。

他妈的，如今诠释生活也太容易了吧……

滚到一边去，干脏活的女仆。

滚到一边去。

这个，你不用人教也会做的。

我皱着眉头，朝橱窗里的自己恶狠狠地瞪了几眼。

我对自己说不行、不行、不行，和可以、可以、可以。

不行。

可以。

不行。

我之所以像这样激烈反抗，并不是因为自己到了叛逆期，而是我要求自己做的事情，对我来说太难了，简直比登天还难……其他那些我都可以做，但那个不行。

那个不行。

我已经证明过，我可以为弗兰克冒去坐牢的危险，但是现在普露西太太要我做的事更加糟糕，其危险程度要远远超过坐牢。

比任何事情都要糟糕。

因为在这个世界上，在底层社会和我之间，我过去只有这个，将来可能也永远只有这个。

　　那是我唯一的防护墙，我唯一的安全保障，我不想去碰它，永远不想。我想把它原封不动地一直保存到我死的那一天，好保证自己永远不会再遭罪，遭受头皮发痒使劲抠、身上散发出死仓鼠气味的耻辱。

　　你呀，小星星，你是不会明白的。你一定以为我在胡编一些辞藻华丽的句子，像书里写的那样装腔作势。

　　以为我在装×，装作自己是卡蜜儿。独自一人面对全世界，把自己撕成碎块。

　　谁也不会明白，谁也不会。只有我能明白，那个从掩埋小猫的墓地里走出来的比莉……

　　所以，你见鬼去吧。

　　你们所有人都见鬼去吧。

　　回答是：不行。

　　我永远也不会去碰我那笔人寿保险金。

-18-

⭐

　　我回到家，我避开了弗兰克的目光，他正在我们的卧室里复习，我换掉衣服。

　　我正在看一档傻不拉几的电视节目，突然那个白痴一样的小少爷从商业学校回来了，背上背着他的网球拍。

　　他尽量让自己的话语听起来显得特别真诚，像这样问道：

　　"咋样？今晚，有啥好吃的？"

　　"啥也没有，"我一边说一边用一种比之前更时髦一些的颜色涂指甲，"今天晚上，我请我的朋友弗兰克下馆子。"

　　"哎哟哟，是真的吗？"他就好像嘴巴里面有颗滚烫的大弹子一样，用他一贯的上流社会的语气问道，"他怎么有这等荣幸？"

　　"我们有点事要庆祝。"

　　"啊，是真的吗？恕我冒昧，方便透露一下是什么事吗？"

　　"我们永远也不用再看到你这张伪君子的丑恶嘴脸了，你这个小饭桶！"

"哎哟！他怎么运气这么好哟！"

（当然啦，因为我胆子小，我没有像上面那么说。我是这么说的："有个意外的惊喜。"）

天色越来越亮了……我真的必须加快速度了，而不是让你在这里跟另外那个傻瓜一起傻笑。

所以，我天上的金牛星，系好你的安全带，因为我准备给涡轮增压了，就现在……

我再也没有时间东拉西扯了，所以我把第三季的结尾倏地用七倍速快进模式放给你看。

-19-

于是，我请弗兰克去了一家中国人开的比萨店，当他大口地啃着奶酪馅饼的硬皮时，平生第二次，我把我们的人生掌握在了自己手里。

我告诉他我们还很年少的时候在那座名叫"艺术桥"的栈桥上我许下的那个诺言。

告诉他我当时虽然没敢大声地对他说，但这个诺言一直铭记在我的脑海里，现在是兑现那个诺言的时候了……

我跟他说我们要离开这里。我说这里太丑陋，他的表哥太愚蠢，我们走了那么长的一段路不是为了再次面对丑陋，不是为了应付一个新型的笨蛋。尽管他穿得衣冠楚楚，但跟普雷维尔中学的那些家伙一样愚蠢。

　　我跟他说他必须为我们另找一个住的地方，在巴黎市区，即使是个很小的蜗居，我们能把它打理好的。我们在这里的房间也很小，但我们已经证明了我们能做到互相尊重。我嘛，我过去一直住在活动板房里，所以我是不会害怕在一个狭窄的空间里生活的。这个问题，可以交给我处理好。居家方面的问题，我全都能应付。

　　我跟他说，我一天当中最喜欢的时刻是晚上，尤其是当我从背后看着他在那里设计，而不是学那些愚蠢的、谁也不会去遵守的法律的时候。

　　是的，我说那是我来这里以后见过的唯一美好的东西：他的设计图。尤其是，当他扑在那些设计图上的时候那张终于放松的脸。当我还是个小姑娘的时候那么喜欢的、在操场上远远地注视着的小王子一样的面庞。他那头披散开的头发和那条浅色的围巾，那个时候我多么想要一条那样的围巾啊，我真的很需要……

　　我跟他说，他必须向我证明他也一样，也敢做敢当，不能只是一味地给我提建议，让我斩断与家庭的联系，轮到自己时却反其道而行之。

　　我跟他说，他喜欢男孩子，那么做是对的，爱自己所爱是多好的事情，可是，他必须把这件事永远铭刻在他那木头一样的小脑瓜里：

他父亲和他之间的关系已经彻底完了。

我跟他说，他没有必要为了当律师而抓狂，为了让别人原谅自己的性取向而当律师，因为那改变不了任何现状。他父亲永远也不会明白，永远也不会接受，永远也不会原谅他，永远也不会容许自己爱他。

我跟他说，在这一点上他可以相信我，因为我就是活生生的范例，我可以证明那些做父母的也可以做这样的事：斩断与孩子的关系。

我跟他说，我还有一个活生生的例子，可以证明，我们不会因此就活不下去了。可以另外想办法摆脱困境，可以一边往前走一边找到其他的办法。比方说他吧，他就可以做我的父亲，我的母亲，我的哥哥和我的姐姐，我觉得这样非常好。我会非常开心地住进我的这个新家里。

说到这里，我觉得我都要掉出眼泪来了，他的馅饼也差不多冷了，但我还在滔滔不绝地讲，因为我就是这么个人，我嘛，要么做婊子，要么做航空母舰。

我跟他说，他得放弃他那没有用的学业，报名参加实习为考入珠宝学校做准备。假如他不下决心，会后悔一辈子的，而且他肯定能成功，因为他有那个天赋。

因为，确确实实，生活就是如此不公平，那些天生比别人有才华的人机会也比别人多。这很可恶，但是生活就是这个样子，人们只会借钱给富人。

是的，他会取得辉煌的成就，但唯一的条件是，他必须拿出勇气，努力工作。

我跟他说，此刻的他还不是很勇敢，但是，因为我也是他的母亲，他的父亲，他的哥哥和他的妹妹，我会把他所有的法律书都丢进垃圾桶，还要缠着他对他软硬兼施直到他答应我的要求为止。

我跟他说，他上学的时候，我去找一份正儿八经的工作，我很容易就能找到。并不是因为我比其他人聪明，而是因为我是白人，我有合法的证件，我不用为此担心。当然，我唯一不想做的事情，就是去捡土豆，但是在偌大的巴黎，我大概一点也不用担心这方面的事。

（这几句是打趣的段子，但不灵验。他一点也没笑，而我也不希望他笑，因为他的下颌陷在比萨饼里面了）

我跟他说，我们没有什么好担忧的，一切都会一帆风顺。没有必要害怕巴黎，更没有必要害怕巴黎人了，因为他们全都蔫答答的，全都弱不禁风，用手指轻轻弹一下就能把他们放倒。喝得起 3.2 欧元一小杯的咖啡的人对我们永远都不会有任何威胁。是的，他不必担忧。我们逃出来的那个在屎堆中腐烂的乡下起码还是有这么点好处：

我们比他们巴黎人更结实，要比他们结实得多，也勇敢得多，我们可以把他们全都打趴下。

所以，我归纳如下：他的任务是，给我们找到住的地方，我的任务则是守店，在他学习他唯一有权学习的专业期间，我负责打理我们的家。

说到这里，好像出现了一阵长时间的、反常的沉寂，引起了服务生的注意，服务生走过来问我们吃的那个比萨饼是不是有问题。

连服务生说的话，弗兰克都没听见。

幸亏我听见了。于是我问服务生可不可以把我们的比萨饼拿去微波炉里再热两分钟。

"当然可以啦！"他边说边俯下身子。

这期间，弗兰克一直在盯着我看，就好像我让他想起了某个他记不起名字的人，他开始为此感到困扰。

过了一会儿，他还是卖弄起了他的小聪明，他的悲天悯人：

"你的这篇演说非常精彩，我的小比莉……也许该去读法律的人是你，你知道……你会在法庭上引起轩然大波的……要不要我给你报个名？"

多么轻蔑的语气……跟我说那样的话毫无用处……他一进高中

我就辍学了……

　　他真是愚蠢至极而且特别无耻。

　　比萨饼送回来了，我们默默地吃了起来。气氛一下子变得很尴尬了，他后悔说了伤我的话，于是他轻轻地踢了一下我的小腿，想逗我笑。

　　然后，他笑吟吟地对我说：

　　"我知道你说得有道理……我知道……可是我能怎么办呢？打电话给我们家老爷子，对他说：'喂，老爸呀，听我说，我好像从没跟你说过，我是同性恋，你让我学的法律，让它见鬼去吧，因为我想设计耳环和珍珠项链。喂？你还在听吗？那么……呃……能不能劳驾你从明天起给我转一笔钱，好让我在比莉妈妈的眼里不是个笨蛋？'"

　　"……"

　　看你还有什么可说的。全盘失败。

　　那好吧。我也一样，我也一点都没笑。

　　是他像那位跟我们一起住的大少爷一样变得世故了，我"噗"的一声，把我的橄榄核吐到了他的盘子里。

　　"不，钱，那不是一个问题。钱，我有……"

-20-

☆

好吧，当然，这事持续进行了好几个小时，这场旨在让我们重归正道的小对话。不过，小星星，我给你弄了一个画面截图，因为我太喜欢这幅画面了：当弗兰克明白那只擅自霸占他的鸟巢好几个月的臭布谷鸟实际上是一只金喙里衔着一把金钥匙正飞向一段黄金人生的长着金羽毛的雄鹰时的那一副吃惊样。

我不知道在一枚胸针里看会是什么效果，但是一个星期二晚上将近 10 点钟的时候，在 94 省[1]的一家冷冷清清的中国人开的比萨店里，看起来真不赖。

男孩子的反应你都能预料得到，所以，我早料到了，他强烈反对我的提议。

---

[1] 即大巴黎地区马恩河谷省，该省的编号为 94，所以俗称 94 省。

我跟他说，他可以在将来、在那个我现在已经记不得名字反正正中央有根圆柱子的广场开了自己的首饰店之后再把钱还给我，那利息将会丰厚得可怕，诸如此类。但是，由于他暴露出的大男子主义思想比我预想的要严重得多，最终，我缴械投降了。

最后，我向他坦白说，先前，我和他在楼梯间相遇时，我穿成了村姑比莉的样子，是因为我正准备去找一个下了班的保安然后在一个废品间站着靠在一堆厨房卷筒纸上让他搞，我说，如果他不为自己考虑的话，至少高抬贵手帮我一个忙……

我说，他的才华便是他的猎枪，他欠我的正是这个。

话都说到这份儿上了，当然，他让步了。

"你的礼物！"他模仿我那武装劫匪的腔调，对我说道。

*

时间紧迫……再来一个简短的梗概……

呵，已经不是那么重要了，你知道……与我们相关的事情，我们旅程的最长的那一段，已经在我们身后了。

从现在开始，我觉得再添加额外的细节已经没有意义了。我们自己的"魔兽争霸"占用了我们许多时间，直到弗兰克终于开恩，吃完他那个热了又冷，然后再烤焦再变冷的比萨。可是，吃完之后，我们就通通缴械投降了：木棒、斧头、甲胄、尖头头盔，以及诸如此类愚蠢透顶的东西。

我们就此结束争论，我们打累了。

从现在开始，我们像其他人一样变成了小波波族，噢，该死，我也许不该爆这种粗口，但我还是要说：噢，该死……这多好！

噢，是的，像巴黎人一样蠢多好啊！因为一辆坏了的共享单车、一个被占用了的送货车车位、一张不公正的违停罚单、一家爆满的餐厅、一部没电的手机或者一个标错了营业时间的旧货店而怒气冲冲。

这多好，这多好，这多好啊……

就我个人而言，我永远也不会厌烦这种生活！

*

故事梗概：

接下来的这几集里，我们的两位主人公，弗兰克和比莉，都去巴黎生活了，他们就像他们事先约定的那样生活着。

他们在两年时间里搬了五次家，每次搬家都获得了几个平方米的空间，每次搬完家都会遗留下一些蟑螂。

弗兰克被他想考入的学校录取了，比莉干过很多多多少少比较体面的职业，必须承认这一点，而且她的运气真不错，从没干过捡土豆的活。

小星星，你真是太善良了……

他俩都找到了自己喜欢的人，都恋爱了，真正的恋爱，心里充满爱的那种恋爱。他们相信爱情，他们把自己恋爱的事都跟对方说，他们相互激励，他们幻想破灭，他们觉得自己像傻瓜，他们大笑，他们大哭，他们相互安慰，他们终于学会了巴黎的一切。巴黎的各种编码，巴黎的好处，巴黎的束缚。巴黎的野生动物，巴黎的版图和供水点。

他们像狗一样工作，他们互相喂养，互相打扮，他们一起喝酒，一起醒酒，他们互相谩骂，离开对方，厌倦对方，溺爱对方，宠坏对方，他们相互憎恨，断绝往来，言归于好，彼此失望，相互钦慕，重新相聚，自始至终互相扶助，尤其是，他们学会了一起抬起头。

活过的人是他们。

是他们。

接下来的那几年里，他们分开了好几次，但一直保留着他们在忠诚街的那套小两居室，有时候是他住，有时候是她住，要看各自痴恋对象运气的好坏。那套两居室现在依然保留着，那是他们在这个世界上的唯一的母港。

除了外出度假，比莉从没离开过巴黎，这座城市就好比是能让她抱着安然入梦的毛绒玩具，变成了她唯一的家园——再加上弗兰克。弗兰克呢，因为他是个孝子，节假日前夕他一如既往地坐火车回家。

他父亲再也不跟他说话了，但那没什么关系，因为他再也不跟任何人讲话，除了那一小撮反间谍的朋友。他母亲萎靡不振，克罗蒂娜反而挺好的。克罗蒂娜总忘不了让他把她的吻转达给比莉，总忘不了，有时甚至还捎些有点受潮的酥饼给她。

差不多过了三年，这三年中，弗兰克还在一家抛光工坊当学徒，那家工坊位于马莱区，比莉每天晚上都去那里怂恿他怠工，因为她又单身了。那时候她上夜班（尽管是白人而且证件齐全，但也不要期望过高），他晚上喝他的夏布利干白葡萄酒时她则在吃早餐。就在这时，出现了希望的曙光，她的人生再次迎来了转机。

弗兰克经常迟到，他上班的工坊对面有个开花店的小老太，老太至少有两千岁了，收工的时候经常要花好几个小时搬她的水桶、小黄杨、花盆以及所有乱七八糟的东西。比莉不喜欢等一个太过分的男孩子，她开始给老太太搭把手，跟她一起收拾，免得在那里无聊（也免得在喝牛奶咖啡之前就喝掉一大杯啤酒，这个事嘛，我们早有耳闻）。这样一来，从帮小忙到帮大忙，从拉家常到拿出大议案，从小花束到大的鲜花十字架，从小建议到大手笔，从小星期六到一星期的所有工作日，从小举措到大变样，从大革新到小成功，从微薄的通用服务业支票到小工资单，从小福利到大爱，她就这样摇身一变，成了一个超级明星花匠。

这是不言而喻的嘛，小星星，不言而喻⋯⋯

比莉生来就是个美的创造者，虽然她从前的那么多经历总在向她证明她不是那块料。

这是不言而喻的。

那个胆小怕事的小姑娘是如何变成她那条街、她那个街区、她那个兰吉市场的大红人，那些报纸杂志的女编辑、那些室内装饰艺术家的宠儿，以及让巴黎人奔走相告的"花的力量"[1]，仅一个晚上的时间是讲不完的，要用整整一本书。

尽管她缺少家庭关系，也就是说，想从银行贷点款的时候没人给她做担保，妈妈咪呀，她可以去商业学校给那些被爸爸宠着的女孩子上主讲课的⋯⋯

---

[1] 或译"权利归花儿"，20 世纪 60 年代末至 20 世纪 70 年代初美国反文化活动的口号。源于反越战运动，由美国垮掉派诗人艾伦·金斯堡于 1965 年提出，主张以和平方式来反对战争，追随者们身穿色彩鲜明的绣花衣服，头上戴花，并且向市民、警察等派发鲜花，"让数以千计的花儿绽放"。

　　她有的可不只是一个驼峰，而是一只骆驼的全部！

　　比莉想要的，上帝都为她创造出来。

　　她的那些奇装异服（适合各种天气），从头（围巾）到脚（皮鞋），一律采用鲜花图案（从旧衣店里淘来的），她的头发按照潘通[1]色卡染成各种颜色，而且根据她本人和她的那条狗（那种与德国猎獾犬杂交的卷毛狗，但比前者要丑得多）的心情与狗的毛发进行搭配，她那辆破旧的雷诺有篷运货小卡车被漆成了嫩绿色，上面布满了毛茛，穿着长春花颜色制服的交警甚至都不敢过来开罚单，害怕因此背叛了自己的事业。

　　说到记账，那不是问题，对吧，花儿不是想凋谢就凋谢吗，嗯？然后，朋友们，请用现金支付，这里湿气太重，不适合安装银行卡终端。你们看，我没撒谎：屏幕上都布满了水汽……啊，见鬼，倒霉……女士们、先生们请用现金支付，给你们添麻烦了，我们会额外赠送一簇"勿忘我"加在胸花上……

　　比莉的花束是全巴黎最漂亮、最温馨、最朴素的，而且是最不贵的。在征服世界这件事情上，比莉不需要跟任何人学习。

　　黎明起床，黎明就寝，成天在她的毛茛和三色堇之间跳来跳

---

　　[1]　或译"彩通"，一家专门开发和研究色彩的闻名全球的机构。

去，脚上穿着从伦敦利宝百货公司买来的马丁鞋，系着用酒椰叶纤维做的皮带，开着阿莱媞[1]式的玩笑，整枝剪从早咔嚓到晚，远远看去，就好像还是伦敦佬时的伊莉莎·杜利特尔[2]和"剪刀手爱德华[3]"的女儿。

我的窈窕淑女比莉……

可以说，从远处看，已经不大看得出她是从"羊肚菌"出来的。

嗯……也许，有一定的商业头脑……

那位老太太一直在那里，但是她彻底甩手不管了。她掌管现金，每天晚上，在她的那个年轻人收摊的时候，她把收到的钱换算成旧法郎[4]。啊，我的上帝啊，这钱真多啊，她还要再活上两千岁！

*

好吧，小星星，我也做了两分钟的甩手掌柜，因为自吹自擂太

---

[1] 阿莱媞(1898—1992)，法国女演员，"二战"期间与一名德国军官恋爱，"二战"后备受指责，她的回答是："我的心属于法国，但我的屁股属于全世界。"

[2] 伊莉莎·杜利特尔是萧伯纳的名剧《卖花女》(后改编成音乐剧《窈窕淑女》)中的一个人物。

[3] 1990年由20世纪福克斯公司发行的同名影片中的主人公。

[4] 1欧元约等于6.6法郎。

难了，不过，我又回来了，我想告诉你……告诉你现在，因为下一季部分属于你，好像你也受到牵累了——感谢你。

感谢你所做的一切。

感谢你为了我，为了我一生相伴的闺密所做的一切。他半年前从印度回来了，如今，终于在那个中间有个圆柱子的广场（他们非要叫它旺多姆[1]）边的一家大金店里上班了。

我早就知道。

我早就跟他预言过会有这一天，那是在一个晚上，在那家"帝莲"比萨饼店……

我本来应该跟他打赌的，我真笨。

感谢我的生活，感谢他的生活，感谢我的恋人们、他的恋人们，感谢我那只我非常喜爱、谁也不会拿枪对着它、长着吊钟海棠色红毛的狗，感谢巴黎，感谢那位让我吃了不少苦但负担我的一切费用的干瘪老太太，感谢我那辆从不抛锚的小卡车，感谢那些牡丹，感谢那些香豌豆和那些荷包牡丹，感谢我不再酗酒但还可以喝酒，感谢不再让我在深夜里哭泣，感谢总有热水，感谢让我在一个总是芳香扑鼻的场所工作。

感谢吉耶老师，感谢那一场现场戏剧表演，感谢阿尔弗雷德·

---

[1] 位于巴黎九区的一个著名广场，高级珠宝店云集之地。

德·缪塞，感谢卡蜜儿和佩蒂冈。

还要感谢比莉·哈乐黛，她也唱过《不后悔》。

尤其是，要感谢他——

感谢普雷维尔中学的弗兰克·穆穆。

感谢此刻就躺在我身边的弗兰克·穆穆。

感谢我一生一世的弗朗基。

感谢所有这一切……

话都说到这个份儿上了，把你那该死的担架给我送过来，然后滚蛋！我的屁股都冻住了，你的影子却几乎见不着了！

是真的呀！浑蛋，你在搞什么搞？

你不觉得我们已经吃够了苦头吗？

我 ×！再闪一闪发一点光！

闪烁呀！照出浮沉呀！你滚吧！

我知道，我知道……

我知道你在想什么……

你想要我朝着天空说我把事情搞砸了，今晚应该再吃一点苦头。

那好，走吧，奶奶……走吧……

翻到下一页。

-21-

⭐

你看，小星星，我穿上了节日盛装，还有漆皮鞋，我向你走来
就像是来跟你忏悔的。

别在意我的头发，这段时间它们有点呈淡紫色。就看我这颗小
小的纯洁的心吧。

一枝圣母百合……

（学名：Lilium Candidum L.。）

我之所以在这里，开始萎黄、凋谢，球茎冻坏，一晚上都在央
求你再帮我们一次，是因为我又干了一桩蠢事……

嗯，是的……这种事时不时还会发生在我身上，你能想象
得到……

通常，是我在萨米的草房酒吧喝了过量的小潘趣酒和朗姆酒的
时候会发生这种事。但是这一次，我还是尽可能地把酒给禁住了，

因为要忍受一次和一些驴子、一些笨蛋一起在塞文山脉国家公园里的家庭结伴徒步旅行。

"怎么会有这种主意？"

（怎么会有这种主意，怎么会有这种主意，怎么会有这种主意……）

我后悔吗，后悔干了这件小蠢事吗？

不。

我甚至觉得我也许应该打得更狠一些。你瞧，我什么都跟你坦白了……

假如你不原谅我的心血来潮，至少也考虑一下我的坦诚。

因为就像比莉·哈乐黛一样，而且也是出于她一样的原因，我不后悔。

我什么都不后悔，这辈子永远都不会有什么后悔的，因为其中有很大的一块已经被人掳走了，而且被认为是很美的一部分……所以，不要，不要指望我会去舔你……

我不会那么做的。

我从未做过。

当有人把我逼得走投无路时，我宁可拿起一把枪或者狠狠地揍他。

　　我并非为此自鸣得意，可是……我就是这样的性子，我已经知道自己永远也不会改变。

　　从我出生时起，我只靠我的意志支撑，哪个要是胆敢第一个伤害那些保护我的人，我都会灭掉他，因为他们是那么柔弱。

　　此刻，我最喜欢的保护人就不是很强悍。他躺在我身边，他正遭受痛苦，我跟他说话他都不再搭理了。你要是不帮我把他救过来，我也会让你消失的。是的，我会千方百计永远也不要再见到你。

　　你嘛，你无所谓，你已经死了，但我呢，我还有个小机会，我提醒你……

　　我呀，我懂得给随便哪件武器装弹，杀死随便哪个胆小的小动物。所以，说到我吧，我不会对我的未来有一丝一毫的担心——没有他的未来。

　　不会有一丝一毫的担心。

　　就这样，该说的话我都说了。

　　现在，我还可以玩一会儿，给你讲一讲我们的超级假期……

Part 4

我们想了很多办法后终于重新上路了，在阳光下、
在风中一瘸一拐地走着。

-22-

✩

这一切都是在一家豪华大酒店的酒吧里开始的。

几年来，我和弗兰克的一切事情几乎都是在一家豪华大酒店的酒吧里开始的……

我们像狗一样工作，因此我们会到一些安安静静的地方聚一下，那里的一切都井然有序，富丽堂皇，漂亮、静谧、惬意。

当我看到饮料单上的价钱时，我再也不会晕过去了。原因很简单，因为我再也不去看它们了。

我每晚睡觉很少超过六个小时，我再也没有办法让自己过那种紧巴巴的日子。

我可以在一个星期中的六天时间里从上午 11 点到晚上 9 点让那些客户在（给自己）送非常漂亮的鲜花时（让自己）获得快乐，我的这种善行使我变成了无价之宝。为犒劳自己，第七天的时候，我都是懒洋洋地躺在安乐椅上。我请我那位可怜的、负责修理已归于尘土的女王的王冠的朋友喝点鸡尾酒，这鸡尾酒比我的屁眼要贵一千倍。

我喜欢这么做。

我和我的过去有账要算，于是我在五星级的豪华大酒店里用现金结算。这是个可行的保持心理平衡的办法。

我已经记不清我们去的是哪家酒店，也不知道我们喝的是什么，但是一定非常开心，因为我最后终于对他让步，同意了他的心血来潮行为。

弗兰克看上了一个迷人的男孩子，那个男孩子要和一些"朋友"（我已经不喜欢这个字眼了……）以及他们的孩子一起去塞文山脉徒步旅行，他们建议他跟着他们一起去。

那里的风景一定美不胜收，吃的东西更加绿色天然。天空无与伦比，驴子也是些特别温顺的驴子。

而且，出去走一走，运动一下，呼吸呼吸新鲜空气，诸如此类，对他们有好处。

好吧。

弗兰克想去到美丽的星空下，在神圣的、其乐融融的、爱护动物的氛围中跟他的心上人在一起，为什么不呢？

"不是那么回事，"他生气地说，"你压根儿就没搞明白。跟你想的根本就不是一码事。那个男孩子，我真的觉得他是我的真命天子，我去那里不是为了跟他发生关系，我去，是因为我是个浪漫的人。"

好吧。

他的真命天子，我已经见过好几个了，这次又是哪里来的小驴？我停止了嗤笑。

去那里给他当电灯泡，这使我心里已经开始不舒服了。我的角色是那种陪护，那种女傧相，以显示他的善意和良好愿望，显示他也有家人，诸如此类……

哎呀呀，我说道。

我吗？

徒步？

穿着一双肥大丑陋、每只都有一吨重的军靴？

头上还戴着一顶阔边遮阳帽？

还带着一只水壶？

还带着荧光尼龙防水衣？

还弄个腰包？

还有小孩？

还有一些我都不认识的人？

还有我都不知道该怎么牵的驴子？

哎呀呀！我最后得出结论，我去的概率为零。

可是到了最后，我还是同意了。

弗朗基知道怎么做会让我心软，然后有那些鸡尾酒来确保余下的事情可以顺利进行。而且，那也是酒店开房和旅行猎艳协议的一部分：我们很少敢开口求对方帮忙，但是对于那些我们认为真的很重要的事，我们甚至都没有必要去央求对方。

而且，我心想，此时恰好是我那个小花店的销售淡季，让我这个干瘪的老太婆悠悠闲闲地放松放松也挺好的。所以，行，干吧！我们星期一就去了"老野营人"野营用品店，我为自己找了一双植鞣牛皮革雪地靴。

太漂亮了……

我早就决定把这次冒险之旅当成儿戏，在那家商店里的时候，我就已经开始了。我扮演的是那种讨嫌的顾客的角色，我这个试一下那个试一下，但好几个小时迟迟不说买还是不买。

弗兰克想要一头蠢驴，他会有的。

实际上，和他一起去度假，我非常开心。我们除了偶尔去那些豪华酒店里聚一下，已经有好多年没在一起了，我很想念他，我很想念我们在一起的时光。

而且，说来也巧，恰逢我们表演缪塞的那部戏十周年，这个嘛，这个我喜欢。一想到可以有一个星期时间在那群绵羊中间激怒他这只山羊，这是多好的生日礼物啊！

十年。我们已经有十年不拿爱情当儿戏了，我对自己的情况不存任何幻想：那部戏里的爱情已经是我所知道的最伟大的爱情了……

-23-

回过头去想想，这次徒步旅行从我们在里昂火车站碰头时起就冒出了焦煳味。

啊，是的，尽管弗兰克的那个阿迪尔是他的真命天子，但在车站站台上，我明显地感觉到，阿迪尔想泡的人是我。

嗨，噢，我在太阳帽下发出冷笑。笨蛋一个，我亲爱的小伙伴，你这是老花眼了吧，笨蛋一个……

好吧。

我装成性冷淡，我什么也没说。

首先，一个人可以脚踏两只船，火车也不只是朝一个方向行驶吧。其次，我那个阶段确实把自己调到了老姑娘模式。

我的账目不允许我随便碰到一个牛郎就跟他调情。所以，弗兰克和他，他俩的事他们自己想办法解决吧。我的已经下半旗了。

他妈的，这还是不是度假啊？

所以，我作为弗兰克两肋插刀的好朋友，随即就把那个戴着飞行员式雷朋眼镜的阿迪尔打入冷宫了。我把那两个在一起的、朝火车前进方向的座位让给了他俩。

整个旅程中，我一直在睡觉。

说实在话，一想到要脚上穿着脚镣一样的靴子在岩石堆中进行艰难的长途行军，我的心就已经凉了半截……

然后有人把我们护送到一个其乐融融的超级宿营地，和一大堆超级兴奋的要跟一些超级可爱的超级驴子一起出游的超级波波族，还有超级大块的面包和超级干酪。这个时候，我立马闭上嘴巴，重新开始把自己调到防守模式。

喂，跟我小时候不一样，不是吗？不，不！一点边都沾不上！很简单，我是来陪弗兰克的，够了！那些人就不要出于交际的目的跑来烦我了。

我是个长年累月做生意的商人，出来了，我需要撇开人际关系，尤其是那种套近乎的。

我不是拿脸色给他们看，我只是在休假。

所有那些，对我来说也太突然、太其乐融融了，我已经知道自己没有办法，没办法保证自己也跟他们一样激动。

你弗兰克，我比莉。我都跟着你来了，你就别再跟我要求更多的东西了。

由于他喜欢我，而且很了解我，就没来烦我。

我们一起在同一个帐篷里睡觉，第二天晚上，他跟我坦白说，他跟他们所有的人都说了，叫他们别怨我如此不苟言笑……说这是因为我失恋了太伤心了……

我回答说他做得对，因为我多多少少总是处在失恋伤心时期。笑了一阵子之后，我情不自禁地补充说，这甚至是我一生的故事，不是吗？说到这里，我们把自己埋在枕头当中咯咯地笑个不停，就好像我真的是个很可笑的女孩子一样。

我喜欢和他一起睡在那个小窝棚里〔我重新分配好了任务，我负责搭建（两秒钟），他则负责折叠（两个小时）〕，我拿出扁平的小瓶烧酒，讲了很多事情。我们说这群人的坏话，我们傻笑，我们扑哧地笑出声，我们开恶意的玩笑，我们讲我们自己的生活，讲我们错过的那几集电视剧，我们的成就，我们的订单，我们工作上的事，我们的戒指、顾客和手镯。

弗兰克还跟我模仿一些更可笑的驴友的言行，我笑得像条鲸鱼一样合不拢嘴。

我笑得那么厉害，以至于有时，我们的帐篷都差点要飞起来了。

其他的人一定觉得我从失恋中恢复得很快……

呵，我不在乎……

我才不在乎别人呢……我只喜欢我对面的这一个。

还有我的狗狗。

一度，他们把我们分成三个组，因为有一些小路很不稳固，所以我们和一些新的驴友被分到了一组，其中有一个很古板的家庭，头发都短到露出耳朵了。

尽管那个小男孩和两个小姑娘非常乖巧（我终于把这个"乖"字念对啦！十分！比莉念对了加十分！），但他们的父母看上去比较迂腐，时刻准备着按照从"绝对可靠的大教育家丛书"上面读到的行为准则来教育孩子。

他们的双肩包上还贴着"抗议同性婚姻"[1]的粘贴画。他们问我和弗兰克，问我们是不是订婚了，是不是准备结婚。

可怜，可怜虫……

弗兰克正忙着弄吃的，他没有听见他们问的话，于是，我回答他们说，我们俩是兄妹关系。

---

[1] La Manif Pour Tous 直译为"为所有人抗议"，2013 年年初，法国发动了一场非宗教、非政治、反对同性婚姻和同性领养的运动。

是的呀……我想每天夜里继续在我那个小帐篷里和我的小基友一起号，一起笑，而他们也不会跑来往我们的背上泼一桶冷水……

我们走在他们后面，我用下巴把他们背包上面的粘贴画指给弗兰克看，想逗他笑，但他有点紧张，没有做出反应。

他的阿迪尔和另外一帮迷你王国[1]的人逃走了，那个迷你王国里有个二十岁的小赛琳娜，蠢得让人想哭，但她的模样在阿迪尔的太阳镜中显得非常迷人，让弗兰克对生活有点小失望……啊！我戳了一下他的肋部对他说："别担心，你还有我呢……"但我的话并没有让他感到安慰，于是我搬出了我的"急救箱"：

"如果有一天我发现你不再爱我了，你会给我什么建议呢？"我这样问他。

"再去找一个情人。"他以牙还牙。

"要是有一天我那个情人也不再爱我了，我又该怎么办呢？"我紧追不放。

"你另外再找一个。"

"那要等多久呀？"

"直到你的头发变灰我的头发变白。"他微微一笑。

---

[1] 《阿迪尔和他的迷你王国》（另译《亚瑟和他的迷你王国》）是法国导演吕克·贝松导演的一部儿童片。

嘀，我们又来了。过后，他又难过起来。（啊，不！永远也不要，说好了的！）

然后，他又打起精神了。

缪塞万岁！

我俩没有驴子，因为我们没有孩子。

那个短发齐耳的一家人，他们带着孩子，所以他们有一头非常可爱的小灰驴，名字就叫小驴儿（超级原始）。我很怕它，但我还是挺喜欢它的……

（弗兰克，他呀，在那帮反同性婚姻的家伙看来，他距离拥有丈夫、家庭、孩子、尊严、敬意、宽恕和天堂还差得老远呢，所以他想租一头驴子，想都不要想。）

小驴儿……

我叫它驴驴，还时不时地偷偷塞点东西给它吃。

短发齐耳先生白了我一眼，因为规定上写得清清楚楚，驴子运送客人期间绝对不可以喂食。

那是第一条规定，那个租驴先生重申了好几遍：卸下驮鞍之后你们想怎么喂都可以，但其他时间一根草都不行。否则……否则……我已经想不起来了……否则会扰乱它们的 GPS，我猜是……

好，当我吃完一个苹果——这头可爱的小驴儿已经眼巴巴地盼了一刻钟了，果核我会不会拿去丢给蚂蚁呢？

我是不会做那种傻事的。

短发齐耳先生和我之间，已经能闻到火药味了。

我不喜欢他跟他妻子说话的方式（就好像在跟傻瓜说话），我不喜欢他跟他几个孩子的说话方式（就好像在跟傻瓜蛋说话）（我一生气，就会把否定词 ne 漏掉，你注意到了吗？）（"羊肚菌"出生的人心直口快，心里怎么想的，都会从嘴巴那里说出来）（心直口快）（唉）。

他不停地嗅着弗兰克，因为他开始怀疑弗兰克是个"同志"，就像他们说的那样，这让我怒不可遏。他用那种方式嗅他的屁股，就好像那是条狗一样，让我很生气。

此外，他还有一样天赋，他能把所有美好的时刻都糟蹋掉，属于特别扫兴的那种人。要是他女儿采了一朵花献给她妈妈，事情就很严重，因为这花属于保护物种。要是他儿子想用望远镜看一下，那还得等着，因为他的手太脏了。要是儿子饿了，那也不行，因为还没到开餐的时间。要是儿子想牵驴子，那也不行，因为那可能会把驴子放跑。要是儿子想打水漂，他永远都打不起来，因为他不够用功。（用功……用功打水漂……不要啦，可是世界上怎么会有这样的傻瓜啊……）

要是他另外那个女儿又一次跑到驴子后面，那也不行，因为那样的话，她会被驴子踢一脚，那会要了她的小命（我的驴驴，你别往心里去……他在胡说八道呢……）。要是他妻子说景色真美，他会回答说这算个啥呀，山那边还要美。要是她给孩子们拍张照片，他就变成乌鸦嘴，说那张照片可能照坏了，因为刚才拍的是逆光。要是她终于答应抱一会儿小女儿，他就会一脸的不乐意，跟她说这样惯着小孩子不是个好主意。

好吧。

我放慢了脚步，为了让自己冷静下来，我开始行动了，我的所作所为就好像我是个对《动物志》和《植物志》特别感兴趣的人。

你这个卑鄙的小工头，滚远一点，别来烦我！我呀，我在观赏禾本科植物，哪些禾本科植物会被我放进我的花束中呢？……

野餐的时候，他坐在弗兰克旁边，就好像他们是好朋友一样。他还问弗兰克我们想不想要孩子。

弗兰克朝我递了一个眼神，那意思是：你别掺和进来，拜托。然后，他含糊其词地把那个问题给搪塞掉了。

我们整理放在小驴儿背上的包时，他凑到我耳朵边说：

"喂，比莉，别去招惹那个家伙，好吗？在另外一组，有我一个女同事，我挺喜欢她的，我不想闹出丑闻，行吗？我也一样，也在度假……"

我点了点头。

我冷静了下来。

为了他。

晚上，在帐篷里，他用他那把漂亮的小刀为那几个孩子做了几根拐杖。

他会金银首饰雕镂，手艺高超，最后，他送给他们每人一根小巧玲珑的拐杖，他们脸上的笑容可爱极了。

每个人的拐杖上都刻有自己名字的首字母，还有个性化的符号。那个男孩子的是一把剑，两个女孩子的，则是一颗星和一颗心。

我跟他耍性子，于是我也得到了一根。我的那根更长也更粗，上面刻了一个很艺术的"B"字，紧靠在下面的则是我那条狗的脑袋。当他把拐杖送给我时，我脸上露出了跟那些孩子一样的微笑，但要更淘气一些。

然后，我们睡得像睡鼠一样。

*

第二天早上，我的心情又变好了。

你记住，小星星，我没有太多的选择，因为风景实在是太美了……

美得没有任何东西能抗拒得了……尤其是人类的愚蠢……所以一切都很顺利。见我放松了，弗兰克也松了一口气。由于我们没有资格租一头小驴（因为我们生活在罪孽之中），我们走到了队伍的最前头，省得让那些扫兴的人惹我们不高兴。

毕竟，各人有各人的生活，不是吗？

当然了……

各人有各人的生活……

上帝很聪明，会认出哪些人是自己人……

我们一度遇见了一大群绵羊。好吧，刚开始，还行，但后面，我有点烦了……

当你看到一只绵羊时，有点像是看见了所有的羊，所以看一只羊和看所有的羊没有太大的分别。我扯着弗兰克的袖子，准备回到徒步的小路上，可就在这时，哇！耶稣啊！

我的弗兰克，他被雷到了。

幻象。显圣。神示。闪电。心悸。蒙圈。

有个牧羊人。

-24-

☆

　　说正经的，我承认，他确实长得像耶稣基督，他太……太性感了……

　　长相英俊，笑容满面，皮肤被太阳晒成了青铜色，铜色，金色，身材苗条，肌肉发达，留着大胡子，头发卷曲，潇洒，沉静，容光焕发，光着上半身，扎着缠腰布，穿着皮凉鞋，手上还拿着一根多节的棍子。

　　弗兰克就像特克斯·埃弗里的那只垂涎欲滴的闪电狼[1]，不同的是，他站在更多的羊群中间。

　　看上去，真的很神圣……

　　喂，我也一样，我也急不可耐，渴望走过去直接从上帝那里领圣体！

　　我们闲聊了一会儿……算是吧……我们试着闲聊，免得老是盯着他看……

---

[1] 《闪电狼》是世界动画大师特克斯·埃弗里（1908—1980）导演的一部动画片。

弗兰克问他寂寞是不是难以忍受（这个老狐狸……），我呢，我问了他很多和他那条狗有关的问题。然后我们看见短发齐耳的驴友一家和他们那一伙人在远处出现了，于是我们就和他道别，去追赶他们了。我们没跟他们真正会合，但也不能间隔太远，因为我们害怕迷路。

分别之前，我们问他去哪里，他把那边的一座小山指给我们看。

好吧，那好，再见……

啊！主啊……你对你的信徒多么残忍啊！弥撒做完了，但它也太短暂了吧！

无须赘言，接下来的那几个小时里，我就没停止过拿这个事来逗弄弗朗基。

野餐的时候，短发齐耳先生问他想不想要香肠。

"只要'牧羊人之棍'[1]！"我回答道，说完我至少笑了两分钟都停不下来。

当我终于平静下来之后，我补充道：

"喂……加了榛子的那种，嗯？"

说完，我又笑了两分钟。

---

[1] 法国的一个香肠品牌。

对不起。

一千次对不起。

短发齐耳太太最后开始担心起来，弗兰克叹着气对她说我有花粉过敏症。

嗬，他这么一说，又让我咯咯咯地笑了两分钟。

啊啊啊……这次远足，我真的开始喜欢上它了，我！

弗兰克假装很难受，但他一样，也很开心……

我俩，我们彼此都知根知底，每次看到对方开心，我们心里都会美滋滋的，就好像喝了"酷吻"鸡尾酒一样。我们津津有味地为对方品味，津津有味地为自己品味，津津有味地品味着由此带来的那种无比的幸福感觉。

为了庆祝一下，我等到"抗议同性婚姻"先生去尿尿的时候，喂了一整个苹果给我的小驴驴。

它把苹果囫囵吞了下去，为了向我表示感谢，它呼哧呼哧地在我的脖子那里亲了一大口，那个吻热乎乎、气咻咻的。

噢……我已经开始思念它了……再说，假如它在我的花店前，戴着一顶有两个洞眼的草帽，背上驮着装满鲜花的篮子，一定超级、超级时髦……

那么，现在你知道了，小星星……一切都很顺利，若是一切都搞砸了，那真的不是我们的错，因为我们，认真讲，我们被上天的恩惠感动，我们创造了奇迹。

我们的面貌已经焕然一新。

我们喜欢上了在塞文山脉里的徒步。

我——们——喜——欢——上——它——了。

从前的那两只小绵羊已经竭尽所能地让自己脱胎换骨了。

野餐结束之后，大伙决定休息一下，因为天气非常热，那个小姑娘在她妈妈的怀里睡着了。

（我知道，我不该说这个……徒劳无益……百分之百的徒劳无益……可是说真的……我感觉很奇怪……）

我呀，我知道自己永远都不会有孩子。这不是在说傻话，这是毋庸置疑的事。我不想要，就这么回事。但当我看到这个凝视着她孩子脸蛋的女人的脸，看到她如何尽可能地扭着腰部想方设法让女儿留在树荫下不被太阳晒到，同时特别小心翼翼以免把她吵醒，这个时候，我情不自禁地对自己说我母亲一定是脑子真的有病……病得一点都不轻……因为我，我那个时候比这个小姑娘还要小……

（算了，不说了，没劲。）

为了不再想那些事，我横过身子，睡到了弗兰克的肚子上。

咔嗒。生活，你见鬼去吧！

-25-

⭐

我不知道是因为旅途劳顿，还是因为那个牧羊人的肚子，抑或是因为那位母亲抱着孩子的那一幕，反正那天夜里我睡得不好……

甚至可以说，我压根儿就没合眼。

可怜的弗兰克也跟着我遭罪。我是个自私的人，我不想一个人失眠，所以我试着把谈话往后拖。当然，就像个陷在迷宫里的小耗子一样，绕来绕去尽是那些废话。最后我终于如愿以偿，在黑暗中喃喃地说，我呀，我那时还不到四岁，我才十一个月大呢，我真的，真的无法理解……

他烦死了。我觉得他呀，他一整夜不如说都在数小念珠向耶稣祷告。他把我轻轻地推开了。

于是，我更睡不着了。他也一样更睡不着了。

所以，你也知道，小星星……你发现了吧，我已经准备好向你交底了：那天上午我们重新出发去追赶那个我已经不记得叫什么名字的高原上的那一组人时，假期的美丽风光已经开始有点黯然失色了……

这是我这辈子第一次遇到一位有实际行动的妈妈，而且还是个温柔体贴的妈妈，却给我一种很不爽的感觉。我什么也不说，继续像之前一样装疯卖傻，但是我感觉内心深处有个东西开始向我发出求救信号。

我没去看天空，太阳、云朵、蝴蝶、野花和石砌的小屋，我被这个女人吸引住了。

我聆听她的声音，我看她把手放在孩子们身上的哪个部位（总是最柔软的部位：颈部、头发、脸蛋、胖乎乎的小腿肚），看她喂他们吃什么东西，如何不停地回答他们的问题，如何从不弄错他们的名字，还有她总是悄悄地用余光盯住他们的方式……而这些，她所做的这些让我心如刀绞。

她对孩子的这种疼爱让我心如刀绞……这种不公平……每次我把头转向她，我心里都有一种巨大的失落感，让我的嗓子眼一阵阵地发紧……

于是，我就跑过去缠着弗兰克，像条蚂蟥一样，但当我感觉到我这么做让他很恼火时，我只好把自己隔绝起来。

吃完午餐，发现自己一直情绪低落，我就提了个请求，让我来牵那头小驴儿。

这起码可以让我战胜心里那么多恐惧当中的一个……

那个吹毛求疵的短发齐耳先生把缰绳递给我的时候傻不拉几地对我千叮咛万嘱咐（就好像托付给我的是一头已经一个星期没吃东西而且服用了安非他命的斗牛）。而我呢，为了忘掉那些不愉快的事，我开始实施一个魔鬼般的引诱计划。

我对着小驴儿那只兴奋地扇动着的大耳朵喃喃地说，你真的很确定你不想跟我一起去花都巴黎吗？我会把我那些蔫了的玫瑰花都喂给你吃，还会带你去卢森堡公园，你可以去撩公园里的那些小驴妞……另外，我会把你拉的便便全都收集起来，装在非常漂亮的小黄麻布袋里，然后用黄金的价钱把它们卖给所有那些在自家阳台种菜的神经病……

喂，答应吧……你老在这里帮人家背包，还没有背烦呀？你就不想进城过安逸的日子？我会把你的鬃毛染成薰衣草那样的蓝色，我们会一起去香街喝鸡尾酒……

因为我发现你也很喜欢它们，你也喜欢薄荷叶，是不是呀，我亲爱的朋友？

说呀，我的驴驴……别那么犟嘛……

它那双温柔的眼睛亲切地看着我。它没有反对的意思，还时不时地在我的手臂上蹭一下好把苍蝇赶走，逼着我继续跟它说各种傻话好让它再叫两声。

如此一来，我感觉好受多了。

我好受多了，我再也不去关心那个短发齐耳妈妈对孩子的温柔体贴以及她老公的宇宙级的愚蠢了。

你瞧，小星星，所有这一切都不是我蓄意而为。从昨天开始就一直不让我活的、"羊肚菌"的那一小口污秽的东西，我终于把它咽下去了，我心里再也没有任何仇恨了。

你相信我，对吗？你必须相信我。

对弗兰克和你，我总是说实话的。

*

行，你准备好了吗？

好的。那我把这件事的前后经过一五一十通通告诉你吧……

有一刻，那个几天几夜都好想牵驴子的小男孩又问了一次：他能不能牵那头小驴子？

他父亲说不行，但我说可以。

完全是同时说出口。

于是，我们的对话出现了巨大的真空。

可以的，我补充道，它非常安静、非常温顺……您看，我呀，我先前特别害怕，可现在不是挺好的吗？……要是您愿意的话，我就守在您儿子的后面，以防万一，可以吗？

短发齐耳先生心里非常窝火，但他不得不让步了，因为所有的人都跟他说，我说得有道理，说我们这一头不是驴子，而是小绵羊，要对孩子有信心，诸如此类。

嘿，希特勒先生最终让步了，但我感觉到他用他那把猎枪的瞄准器对准了他的儿子，所以如果小家伙乱来的话不会有好果子吃的。

欢乐的气氛。

小家伙非常高兴，就好像开着兰博基尼的宾虚[1]。

我像事先承诺的那样，跟在他后面，我还像他妈妈一样，时不时地轻轻抚着他的头发。

就那样。

想想看……

然后，由于一切顺利，所有人终于都放松了下来。

差不多半个小时之后，小家伙说他牵小驴儿牵烦了，想把它还

[1] 1959年美国米高梅公司出品的同名电影中的主人公。

给我，他想回去找化石。

"不行，"他父亲不答应，他很高兴终于能当着其他人的面拿回父亲的权威了，"你想牵它，那好，现在你就把它一直牵下去。你要学会在生活中对自己的选择负责，我亲爱的安托万。你已经决定对这头动物负责，很好，那么现在，你就闭上嘴巴，一直把它牵到野营地，明白了吗？"

我 ×，你说这人怎么就这么恶心啊？

哎呀，哎呀……我真的不该卷进这爷儿俩的对话，我……

哎呀，哎呀……你在哪里呀，我的弗朗基？

别离我太远啊，亲爱的，因为我感觉自己的衬衫都要爆开了……

我的脸色也开始有点发青了，不是吗？

于是，这个小安托万，这个超级可爱、超级优秀的小驴友，超级快乐、超级勇敢、超级好养、超级亲热，而且还对两个妹妹超级体贴的孩子，开始哭着叫妈妈了。

就在这个时候，他父亲从后面狠狠地扇了他一巴掌，旨在教训他。

啊，他妈的……

啊，这巴掌，我认出来了……

我认出来了，因为它刻骨铭心。

那是最糟糕的。

是所有卑鄙行径中最卑鄙的那种。

是最恶劣的。

是最痛苦的。

虽然它不会留下疤痕，但会当即把你的小脑袋给揭下来。

就好像是从里面甩了你一鞭子。

没有人会怀疑它对你的颅骨造成多么大的震动，震得你好一阵子蒙在那里，而且你一辈子都有点回不过神。

啊，他妈的……

我的普鲁斯特的小玛德莱娜点心……

好吧，所有这些，我当时都没来得及想。那是自然的啦。而且我什么都没想，因为那一切都镌刻在我的肌肉里面了。

而且我也没有时间去想，因为弗兰克为我做的、我那根和梵克雅宝[1]首饰一样超级漂亮的拐杖已经在空中画出了一条大大的弧线，给刚才对孩子下手的那个衣冠楚楚的绅士来了个当头一棒并让

---

[1] 法国著名的奢侈品品牌。

他脑袋开了花。

当头一棒。
脑袋开花。

再也见不着鼻子。
再也见不着嘴巴。
啥也看不见了。

只有血，他的手指和整张脸上。
还有号叫声。
杀猪一般的号叫声。那是必然的啦。

啊，乱套了……
而且，由于我的动作太突然，由于我举起了棍子，那头小驴子也受惊了，它飞奔到加德满都去了，背上还驮着我们所有的给养呢。
啊，乱套了……

所有的人都在盯着我看，就好像我已经把他打死了一样，所以我干脆一不做二不休，继续教训这个对乖巧可爱的小孩施暴的家伙。

"好受吗？"我用革命前夜的那种辨认不出的声音问道，"你尝到被打的滋味了吧？你尝到被人突然暴打的滋味了吧？你知道这滋味不好受吧？再也不许这么干了，嗯？因为下一次，我会杀了你。"

他没办法回答我，因为他在舔牙齿，于是我接着说：

"你别担心，我马上就走，因为我再也忍受不了你这种丑恶的法西斯嘴脸，但在走之前我还有一件事要跟你说，你这浑蛋……喂，你看着我……你听见了吗？那么你好好地给我听着：你看见了，那边那个，是我朋友……（在我说这话的时候，我显然不敢朝弗朗基那个方向看，同一天是不可能把所有的胆量都聚齐的……）那好，我告诉你，他是同性恋……我呢，我也是同性恋……哈，是的……你可以想象，每天晚上在我俩的那个小帐篷里，好吧，那甚至都不妨碍我俩用我们的身体做一些确实龌龊的事……一些你想都想不到的事……他很少射在我身上，我向你保证，但你可以想象一下在一个纵酒作乐的晚上要是我们失去控制了……你想象一下……那么，要是一个男同性恋和一个女同性恋乱来之后弄了一个毛孩子出来，你知道会怎么样吗？我们不仅会留下他——就为了烦死你，而且，我们绝不会打他，我们永远不会，你听见了吗？永远不会，我们连他的一根小指头都不会伤害。永远不会，不会，不会……要是，他确实很讨人嫌，妨碍我们出去参加放荡聚会，你知道我会怎么处理吗？我会开枪打死他，但我会妥善处理好……我用你孩子的脑袋发誓，他不会遭受折磨，我要是撒谎就不得好死。好啦……跟大伙说再见了……好自为之吧……"

　　说完，我朝他的脚上啐了一口，然后朝那个没有人的方向扬长而去。

　　因为，我这个人，我正走在信念、生活、光明和真理的大道上。

-26-

我一直往前走，走了好几个、好几个小时。

一直朝着那座耶稣山走去。

我甚至都没回过一次头看弗兰克是不是跟在后面。

我知道，他会跟着我。

我还知道，他恨我，但他依然会跟在我后面。

我知道他恨我同时也很感激我。

我知道他现在脑子里一定乱成了一锅粥。

因为他父亲和那个法西斯一样的暴徒相比，应该也没有太大的分别……

实际上，他们属于同样的"捍卫西方基督教"组织……

一度，我在山上的一个类似地裂谷一样的东西前面僵住了。

首先，这条路已经走到了尽头；其次，我确实没听到身后有任何脚步声，已经好几个、好几个小时了。

没听到有任何脚步声。

我僵立在原地，我等着。

盲目的自信，挺好的，但我不是盲人。我，我只是个花商。

另外，就像那个诗人所说的：

这世界上是没有爱情的。

只有爱情的证明。[1]

我僵立在那里，我看着手表。

要是二十分钟之内他没来，我自言自语道，我就解除忠诚街那套房子的租约。

尽管我时不时地装出一副自命不凡的样子，但那没什么用，我依然是个不堪一击的小东西。

我把保险丝烧断，无论是对他，还是对我，都一样重要。

撒谎。

---

[1] 法国先锋派艺术家、作家、诗人让·科克托的名言。

是的，我承认。那只是为了我自己。

甚至都不是为了我自己……而是为了一个小姑娘，当我还是小姑娘的时候那个跟我一起并排走的小姑娘……

一个我从来都没机会跟她说，即使她冬季的那几个月身上很臭但她依然是我的好朋友、她永远都可以进入我的圈子并且上课时可以坐在我旁边的小姑娘，

永远都可以。

直到永远。

好吧，行，成了。现在，有戏了。

她有了那个，她的爱的证明……

要是十九分钟之内，他还没来，我咬牙切齿地重复道，我就解除忠诚街那套房子的租约。

非常准时，在十七分钟后，一个声音在我身后恶声恶气地说：

"喂？你懂什么呀？你真讨厌，你这个'羊肚菌'……你真的真的很讨厌！"

我高兴得都要哭出来了。

这是最美、最浪漫的爱的宣言，我这一生还从来没有听到过……

　　我转过身，我扑到他的身上，我不知道我是怎么搞的，反正就那样扑到他的怀里，然后我俩滚进了那个地裂谷。

　　我们急速地滚下了一个该死的全是碎石块的斜坡，落到了谷底那片超级扎人的荆棘丛中，差不多粉身碎骨。

　　然后，我们尽可能地爬到了一个比较平坦的地方，两人当真开始打冷战。

　　这就是，小星星，这就是事情的前后经过……讲完了……要是你还想看现场实录和相关花絮，那你就倒回到第一季的第一集，因为我，我再也没有任何东西需要补充了。

-27-
☆

嘻嘻，嘻嘻，嘻嘻!

我梦见弗兰克在挠我痒痒。

嘻嘻，嘻嘻，嘻嘻!喂……呃……别闹了!……

当我睁开眼睛的时候，我才明白我到后面真的睡着了，刚才那些痒痒，不是弗兰克在胳肢我，而是小驴儿在翻我的口袋。

"你的新朋友想要个苹果，好像……"

我直起身时做了个怪脸——这是因为我那只受了伤的胳膊。我看见他在那里，安安静静地坐在一块岩石上弄咖啡。

"早餐准备好了。"他说道。

"弗朗基，是你吗?你没死吗?"

"没，还没呢……你那一招不是很灵哟……"

"你没有地方受伤吗？"

"有哇。脚踝那里，我觉得……"

"可是，呃……我都很难厘清思路了……可是，你……你不是昏过去了吗？"

"没有。"

"好吧，那你当时是怎么回事，啊？"

"我一直在睡觉。"

他妈的，真不要脸，他……我为他担惊受怕了一整个晚上呀！

他妈的，真不要脸……

他妈的，真不要脸！

少爷一直在睡觉……

少爷一直在睡大觉呢……

少爷在美丽的星空下呼呼大睡……

少爷净顾着自己舒舒服服地躺在那个小婊子梦神的怀里睡大觉，让我一个人在那里独自难过……

少爷是个熊包。

少爷让我失望。

我独自一人在那里惶惶不安，他却假装昏过去了……一整夜我费了那么大的劲就为了让我们看起来体面一些……我不得不像根搅屎棍一样搅出过去的事好让我们还有个人样……我不得不悄悄地做了那么多，因为我更愿意激起别人的尊重而不是怜悯。

是的，我一直在我美好的童年回忆中挖呀挖，以便能够找到那些有用的，避开那些没有任何益处只会让我陷入更深的绝望的东西。

费尽心机想把烂泥扶上墙……

如此大的勇气……

如此多的温情……

如此绵绵不绝的爱意……

然后我度过的是多么寒冷的一个夜晚……多么孤苦伶仃……多么伤心难过……费了九牛二虎之力，就想让一个死去的星星喜欢上我们……还有……还有他那别出心裁的"手活"妄想，我都不好意思说出口了……

我真的很生气……

真的，真的，真的……

"小驴儿，它是怎么来的？"我问道。

"我不知道，我醒来的时候它就在这里了……"

"可它是从哪里过来的呀？"

"从那边的那条小路……"

"可是……呃……它又是怎么找到我们的？"

"别问我……又是一头比较关心你的蠢驴……"

"……"

"你在生气？"

"是的，我在生气，你个傻×！我那么担心，你想想吧！我一晚上都没合眼……"

"看得出来……"

噢，我心情不好，那还用说吗？他做的咖啡，他知道该放到哪里。

"你真的恨我吗？"他用他那个首饰修理工的屁眼一样的小嘴巴问我。

"……"

"就那么恨我？"

"……"

"真的就那么恨我？"

"……"

"真的吗？真的吗？"

"……"

"你真的那么担心我？"

"……"

"你真的以为我昏过去了？"

"……"

"你很难过？"

"……"

"非常非常难过吗？"

"……"

是的，就这样。继续吧，大傻瓜。你就继续笑话我让我一脸蒙吧。

鸦雀无声。

他跛着脚走过来，在我旁边放了一杯热气腾腾的咖啡和一片加了香料的面包。

我睫毛都没颤一下。

他费力地把他那条僵硬的腿摆好后，坐了下来，用非常温柔的声音对我说：

"看着我。"

去你的。

"比莉，你看着我。"

好吧，嘎啦……嘎啦……我把我的脖子往上移了三毫米。

"你知道，我喜欢你，"他直视着我的眼睛喃喃道，"知道我喜欢你超过世界上的一切……你早就知道了，是吗？"

"……"

"是的，你知道。反正，你也没有别的办法……可是，这段时间，差不多一连四个晚上你不让我睡觉……你很累人，你知道吗？累人，累人，累人……如此累人，以至于有时候，为了对付你，我就得装死……这么做，你能理解，不是吗？"

"……"

"好啦，喝你的咖啡，姑奶奶……"

我哭了。

于是，他一直爬到我这边，对我做了一个非常亲热的动作。

"我……我还以为你……你已经死……死了呢。"我抽抽搭搭地说。

"哪儿至于呢？……"

"我……我还以为你……你已经死……死了，那我……也不活……活了……"

"噢，比莉，你让我好烦哦……"他叹了口气，"好啦，喝你的咖啡，吃点东西。我们还没摆脱困境呢。"

我嚼着我那块讨厌的、抹了眼泪果酱的香料面包。

然后我哭得更凶了，因为我……我讨厌吃香料面……面包……

-28-

⭐

　　我们想了很多办法后终于重新上路了，在阳光下、在风中一瘸一拐地走着。

　　我用木头和绳子给弗兰克做了一个夹板，他扶着小驴儿，就像扶着一个步行器。

　　这头从天而降的小驴子，现在不是我们牵着它走了，而是它带着我们回家。

　　至少我们是这么希望的……

　　回家或者无论什么地方。

　　无论什么地方，但是别去那个被我打伤的人那里，嗯？

　　嗯，小驴儿？你别对我做那种事，好吗？

　　求你了……

　　不会的，不会的，它回答道，我会带你去牲口棚。

　　我也一样，我也受够了你的那一大堆废话……

好吧。

我相信它。

一瘸又一拐。

在阳光下。

在风中。

（好吧，这个，当然啦，如果在脑子里面配上曲子，会更好听。）

它确实太可爱了，这头小驴子。

我有朝一日会回来把它偷走的，等着瞧……

我不再说话了。

一句话也不说了。

都讲完了。

太多的激动，太多的疲劳，太多的痛苦，也太生气了，这个也要实话实说……

弗兰克试了两三次，想抛出一个话题，但每次都被我避开了，就像避开一堆烂驴屎。

挺好的。我也不是什么圣女……

昨天夜里他完全可以开口说哪怕一句话……

只要一句话。

我恨死他了。

而且，我在那么多冷冷的星星面前出尽了洋相，它们对我的那些故事一点都不在乎。

我还哭了那么久，真是一言难尽。

真是个大傻×啊！……

一言不发。

一言不发，在阳光下，在西伯利亚的寒风中。

后来……一个小时之后，大概吧……我终于动摇了。

从昨晚起，我都是一个人在脑子里想事情，我已经烦了。已经好烦，好烦了，我真的不是个合格的伙伴。而且，我也开始想他了，想我这个浑蛋朋友。

于是，我这样说道：

"你说，天气热了，不是吗？"

他朝我微微一笑。

　　然后，我们像老早以前一样从这件事说到那件事，但只字不提我这几天干过的好事。嗨，成了。忘记了……我还会做很多别的傻事，得……

　　过了一会儿，他这样问我：

　　"你为什么会笑？"

　　"你说什么？"

　　"我知道你昨晚很难过，对我的昏迷状态特别担忧，但是夜里有一刻我听到你在笑，哈哈大笑。能告诉我为什么吗？是不是想到我死了你就可以把忠诚街那套房子里的所有东西都据为己有？"

　　"不是，"我笑道，"不是……是我又想起了我们演出结束后我们班那帮男生脸上的表情……"

　　"什么演出？"

　　"啊，你很清楚……缪塞的那个……"

　　"露馅了吧？我在你脚底下奄奄一息，你倒好，你却在想很久以前我们班上的那帮渣男，是吗？"

　　"是的，确实……"

　　"怎么扯到一块来了？"

　　"我不知道……自然而然就在我脑海里出现了……"

　　"真的？"

　　"是的。"

“你真是一个奇怪的女孩，你，不是吗？”

“……”

沉默。

“那么，你说的不是佩蒂冈最后娶了罗塞特的那个戏吗？”

又来了。我们又要开始新的一轮……

毕竟这也是我们所有的恶作剧中最古老的一个，好吧，既然他坚持，那我们就开始吧。开始吧……

“不，他永远都不会娶她。”

“会的。”

“不会。”

“当然会。”

“当然不会，那样的家伙是不会娶那种放鹅女的。我知道你愿意相信那样的结局，因为你是十二三世纪行吟诗人时代的那种浪漫主义者，但你的判断错得离谱。我呀，我是从罗塞特生活的那种底层出来的，我可以告诉你，他在最后一刻逃走了……巴黎那边有事要他赶紧回去——或者诸如此类的事……而且，他父亲永远也不会答应的。我提醒你注意，这事还牵涉六千埃居呢……”

“会的。”

"不会。"

"会的。他会娶她。"

"凭什么？"

"凭她优美的姿态。"

"优美的姿态？算了吧。他会把她骗上床，然后把她丢在那里，让她和他们的私生子、她的母鸡和火鸡待在一起。"

"你太无耻了……"

"是的……"

"为什么？"

"因为我比你更了解生活……"

"噢，饶了我吧……别说了……你又要老一套了……"

"我不说了。"

沉默。

"比莉？"

"唉。"

"你愿意嫁给我吗？"

"你说什么？"

连那头驴子都停住了脚步。

"我们也结婚，你愿意吗？"

啊，驴子停下不是因为这个，它只是在拉屎……

"你干吗开这种玩笑？"

"我不是在开玩笑，我这辈子还从没这么严肃过。"

"可是……呃……"

"呃，什么？"

"呃，我们并不真的门当户对……"

"你这么说，什么意思？"

"啊，你非常清楚……"

"告诉我，以前是哪个女孩子告诉我的，说真正的爱情与解剖图没有丝毫的关系？"

"我不知道。大概是一个女无赖吧，总想在争论中争赢的女无赖，我猜……"

"比莉……"

"唉……"

"我们结婚吧……全世界的人都在烦我们，用他们的同性婚姻[1]，或者'抗议同性婚姻'，或者反对抗议同性婚姻，或者憎恨同性婚姻，或者对同性婚姻带有偏见，或者对同性婚姻充满善

---

[1] 2013 年 5 月 18 日，奥朗德总统签署《344 法案》（*Mariage pour tous*），使法国成为同性婚姻合法的国家。

意……那么，我们为什么不结婚呢，嗯？我们为什么不结婚？"

这傻子，这回他真的严肃起来了……

"我们干吗要学别人？"

"因为有一天夜里，我不知道你还记不记得……那是很久以前的事了……有一天夜里，你要我答应你永远不要抛弃你，因为没有我你只会干蠢事……你知道，我试过了……我真的试过要兑现我的诺言……但要实现那个目标我还不够强大。只要我在你后面慢了四拍，你就又开始干蠢事了……所以，我想娶你，好让你将来少一些麻烦事……我们不跟任何人说，也不会让我们今天的生活方式有任何改变，但是我们，我们知道。我们知道我们之间存在这种关系，我们永远都知道。"

你还问我是不是记得那个夜晚……

如此说来，他也没只是顾着睡觉，他也一样……

"你很清楚，那种蠢事，我还会做的……"

"不会的，真的。我相信那会让你的心静下来一点。"

"怎么会呢？"

"因为你终于有一个只属于你自己的小家了……"

沉默。

"答应我，比莉……现在，我没办法跪下来，因为我的脚太痛了，但你可以想象一下我跪下的样子……想象一下那一幕情景……让这头小驴做见证人……我已经跟你一起长跑了十年，今天我真的想要个结果……"

"你为什么要娶我？"

"因为你是我遇见过的最美的人，我永远也遇不到这么美的人了，而且，我希望假如我碰到什么麻烦事，我第一个打电话求助的人是你。"

"啊？啊，是这么回事？是这么回事，好的，那么……"我松了一口气，"如果只是为了开枪的事，我愿意……我乐于效劳，我……"

你说说，小星星，你的那些舞会好像超级棒耶，可是，喂……踩在别的星星上面走的时候要小心啊，我的小宝贝，因为那完全是走在茫茫宇宙之中哟……

鸦雀无声。

鸦雀无声，在阳光中，在蓝天上。

　　"怎么了？为什么那个小比莉在那里那样傻笑呀？"他向我投来嘲弄的眼神，"她在想她的洞房花烛夜吗？"

　　可是……噢……呃……我可一点也没傻笑。相反，我笑得很优雅。
　　我笑是因为我没搞错。
　　没错……

　　我心花怒放，因为我又对了一次：一个美好的故事，尤其是爱情故事，总是以步入婚姻的殿堂结尾，最后总是载歌载舞，鼓声喧天，诸如此类。
　　是的呀……

　　啦……啦……咪……哆咪……

鸣谢

谢谢你，亲爱的亨利·杜·夏佐[1]

---

[1] 亨利·杜·夏佐，法国语言学家、词典学家、南特大学教授，编著有《同
义词词典》等。